DEMONIOS A MEDIODÍA

DEMONIOS A MEDIODÍA

LOS ARCHIVOS DE MEMENTOS

Adrián Abramo Penilla

Plataforma Editorial

neo

Primera edición en esta colección: septiembre de 2022

© Adrián Abramo Penilla, 2022
© de la presente edición: Plataforma Editorial, 2022

Plataforma Editorial
c/ Muntaner, 269, entlo. 1ª – 08021 Barcelona
Tel.: (+34) 93 494 79 99
www.plataformaeditorial.com
info@plataformaeditorial.com

Depósito legal: B 14903-2022
ISBN: 978-84-19271-22-8
IBIC: YF

Printed in Spain – Impreso en España

Diseño de cubierta e ilustraciones de cubierta e interior:
Marina Abad Bartolomé

Fotocomposición:
Grafime

El papel que se ha utilizado para imprimir este libro proviene
de explotaciones forestales controladas, donde se respetan
los valores ecológicos y sociales y el desarrollo sostenible del bosque.

Impresión:
Liberdúplex
Sant Llorenç d'Hortons (Barcelona)

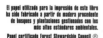

A Marta, Simón y Vero,
por confiar en esta nueva aventura.

1. LÍA

Entrevista con el *hematíe*

El brillo de la luna se reflejaba en la plateada hoja de su cuchilla curva. Lía contemplaba la enorme mansión de piedra en la que se encontraba su objetivo. No se veía luz en ninguna ventana, pero la joven sabía que él estaba dentro. Todas las matanzas habían tenido lugar allí, según le habían dicho.

El diminuto dispositivo que portaba en el oído derecho vibró, lo que le indicó la entrada de una llamada. Lía posó un dedo en la superficie del auricular y suspiró. Una risa resonó en el aparato como respuesta a su reacción.

—¿Qué quieres, Chrys? —murmuró. Aunque no había nadie cerca de su posición, prefería no arriesgarse.

—Encima que me preocupo por ti —respondió el aludido—. Ya he desconectado las cámaras de vigilancia que hay en la finca. Tienes vía libre.

—Gracias. Te llamaré en cuanto termine con él. —Y colgó antes de darle tiempo a su compañero para responder.

Salió de su escondite y se subió la cremallera de la chaqueta. Iba vestida completamente de negro, con unos pantalones

9

elásticos que le permitían moverse sin dificultad. Debajo de la chaqueta llevaba una camiseta básica. El único toque de color era su melena rubia, que llevaba recogida en una coleta.

Los botines apenas hacían ruido al pisar la gravilla mientras se acercaba a la entrada de la mansión. Se trataba de un edificio rodeado por una elevada valla de metal, cuyos extremos superiores podrían atravesar a cualquiera que intentara cruzarla. Menos a ella.

Lía cogió impulso con las piernas y saltó. Sus talones rozaron una de las cuchillas que adornaban la protección, pero cruzó los tres metros de vallado sin problema. En cuanto sus pies tocaron el suelo, se ocultó detrás de un árbol.

Frente a la entrada de la mansión había un jardín bien cuidado, lleno de flores exóticas y varios árboles frutales. Lía se movió entre ellos cubierta por un manto de sombras. Sabía que, aunque las cámaras estaban desactivadas, había guardias de seguridad dentro de la vivienda que podrían verla si realizaba un ataque frontal.

La joven chasqueó la lengua al pensar en el objetivo. Aunque no era su primer *hematíe*, una especie de demonio cuyas víctimas sentían un hambre voraz por la sangre, no le hacía gracia matar a un ente tan… *familiar*. Este en particular había escogido como anfitrión a Vladimir Mirkoff, un actor en ciernes cuya fama había aumentado al hacerse públicas sus «fiestas» sangrientas en la mansión que acababa de adquirir. Aunque la prensa afirmaba que todos los invitados regresaban sanos y salvos, Mementos había registrado varias desapariciones desde el comienzo de esas bacanales.

Sin embargo, lo que más le había molestado a la chica había sido la última declaración del hombre, que afirmaba ser descendiente directo del famoso Drácula.

Lía estaba a punto de salir de su escondite cuando el comunicador vibró de nuevo.

—¿Qué quieres ahora? —bufó.

—He conseguido hackear una de las cámaras del interior —contestó Chrys. El tono con el que lo dijo no auguraba nada bueno—. Lía, tenemos problemas.

—No voy a dar media vuelta. Dime qué has descubierto y cuelga —lo apremió ella en voz baja.

—Uno de los guardias está acompañado de un *irae*.

Lía tragó saliva. Aún tenía pesadillas con esos demonios. *Gracias* a uno de ellos, su padre mató a su madre y casi acabó con ella. De no ser por la sangre que corría por sus venas, la joven habría muerto esa noche.

Los *iraes* eran criaturas que se metían en la mente de las personas y las usaban como instrumentos. Eran demonios de la ira, seres que disfrutaban despedazando, desmembrando, destripando...

Sus crímenes se reconocían fácilmente. Cuando una persona asesinaba a su pareja o a un familiar y los conocidos afirmaban que era alguien que no mataría ni a una mosca, muchas veces era por culpa de un *irae*. Aprovechaban cualquier fisura para colarse en la mente de la persona: alcohol, una discusión, ansiedad, problemas en el trabajo...

Lía cogió aire y lo soltó lentamente. No quería rememorar esa noche. Si no hubiera sido por un agente de Mementos que estaba rastreando al demonio, la criatura habría acabado por completo con ella.

—Estaré bien, Chrys. Soy la mejor, y lo sabes. —La carcajada de su compañero consiguió calmarla.

—Solo digo que tengas cuidado. Trataré de seguirte el rastro con las cámaras interiores —finalizó el chico antes de colgar.

Lía posó la mirada en la fachada del edificio. Una de las ventanas de la segunda planta estaba entreabierta. Ya tenía vía de entrada.

Aún oculta entre las sombras, la joven corrió hacia el lateral de la mansión y se pegó a la pared, atenta a cualquier indicio de que hubiese sido descubierta. Era posible que entre los guardias hubiera algún *nox*. Esas criaturas eran capaces de dotar a su anfitrión de visión nocturna, aunque terminaban volviendo locas a sus víctimas y las llevaban al suicidio.

Esperó un minuto más antes de entrar en acción. Golpeó sus talones contra el suelo para sacar unas afiladas hojas de las punteras y comenzó a escalar. Cada vez que clavaba el filo en la pared, se detenía a escuchar, pero todo seguía en orden cuando llegó al amplio tejado de la mansión. La ventana estaba en la fachada frontal y solo tenía que dejarse caer una planta.

Se agarró al borde del tejado y comenzó el descenso. Un mal presentimiento hizo que quisiera subir de nuevo, pero la pared justo enfrente de ella estalló y sintió un fuerte tirón en la pierna que la arrastró hacia el interior de la vivienda.

Lía se incorporó entre toses mientras la nube de polvo se dispersaba, pero no tuvo tiempo de esquivar el primer puñetazo. Su cuerpo salió despedido varios metros, aunque consiguió caer de pie.

—Una rata se ha colado en la mansión. —La sombra de su atacante se distinguía entre el polvo aún en suspensión. La carcajada cruel e inhumana era inconfundible: la persona que se encontraba ante ella estaba controlada por un *irae*.

—Tu jefe se va a enfadar cuando sepa que le has roto la pared —respondió Lía. Se pasó una mano por el labio y se limpió el pequeño reguero de sangre.

—Mi trabajo es protegerlo, no cuidar de su casa.

Cuando se encontraba a pocos pasos, la chica pudo distinguirlo mejor. A simple vista, era un humano normal: cuerpo musculoso, seguramente de gimnasio, y rostro común. Bien afeitado, con el cabello rapado al cero, y esmoquin negro, propio de un guardaespaldas.

Pero sus ojos eran completamente negros, con puntitos rojos incandescentes. Lía nunca olvidaría esa mirada.

Con una sonrisa sádica, el hombre se lanzó al ataque y trató de embestir a la chica. Lía lo esquivó, saltó hacia la pared de la izquierda y se impulsó contra él. Sujetándose a su espalda con las piernas, pasó un brazo por debajo del cuello del demonio, colocó el otro detrás y apretó.

Sin embargo, una de las manos del hombre la agarró por el hombro y tiró. Tenía mucha más fuerza que ella. La espalda de Lía impactó contra el suelo y se quedó un segundo sin respiración. Consiguió rodar hacia un lado antes de que el pie del enemigo se clavara en su estómago.

Retrocedió unos pasos y sacó su cuchilla curva. Los humanos poseídos por *iraes* eran mucho más fuertes, pero atacaban sin pensar. En cuanto el hombre embistió de nuevo, Lía hizo una finta para esquivarlo y, con un amplio movimiento de brazo, le cortó los dos tendones de Aquiles.

La sangre brotó de los tobillos del poseído cuando este trató de atacar de nuevo. Aun así, no se detuvo. Lía sabía que dentro de ese monstruo había un hombre gritando de dolor.

«Malditos demonios. Les da igual el dolor mientras puedan acabar con su presa», pensó malhumorada.

Agarró con fuerza el mango de su cuchilla. Sabía que ese hombre ya no tenía salvación. Debía acabar lo antes posible con su sufrimiento.

—Maldita humana —gruñó el *irae* mientras avanzaba en su dirección—. Voy a romperte las piernas para que no puedas escapar. Y después me comeré tus brazos, trocito a trocito, mientras suplicas que te mate.

—No sé si lo sabes, pero es imposible devorar a alguien si no tienes cabeza.

El poseído tardó demasiado tiempo en comprender lo que decía. Lía soltó todo el aire que había contenido, echó una pierna hacia atrás para tomar impulso y atacó. La cuchilla atravesó la piel como si fuera mantequilla y cortó sin problemas las vértebras cervicales.

La cabeza del hombre golpeó el suelo enmoquetado del pasillo. El cuerpo cayó cuan largo era y Lía se acercó despacio. Su corazón latió acelerado al percibir el olor metálico de la sangre. La luz de la luna entraba por el agujero de la pared y hacía brillar el líquido que impregnaba su arma. Ese rojo intenso la llamaba, pedía a gritos que bebiera de él…

La vibración del comunicador hizo que recuperara la cordura. Se alejó del cuerpo y pulsó el aparato.

—Dime —susurró mientras se ocultaba en una esquina para revisar el siguiente pasillo.

—Eso ha sido alucinante. Eres terrorífica. —La voz de Chrys denotaba devoción.

—Y por eso no debes enfadarme nunca —inquirió ella con una leve sonrisa.

—No hay más guardias en esa planta. Solo estaba el *irae*. —Lía escuchó el sonido de las teclas al ser presionadas—. En la siguiente hay dos humanos, podrás evitarlos fácilmente.

—¿Dónde está el sótano?

—Sigue por el pasillo de la derecha, baja las escaleras y ve todo recto más o menos cinco metros. Vuelve a torcer a la derecha, avanza unos diez metros y entra en la segunda puerta. Después… —empezó su compañero.

—Quédate conmigo. No puedo perder el tiempo en memorizarlo todo —lo cortó ella.

2. LÍA

La descendencia real de Drácula

La mansión era un verdadero laberinto, pero Lía confiaba en Chrys. En cuanto llegó a la siguiente planta, se fundió con las sombras para esquivar a los dos guardias, esta vez humanos. Le sorprendía que Vladimir hubiera conseguido contratar a un demonio, sobre todo a un *irae*. El *hematíe* que lo controlaba debía de tener muchos contactos.

El interior de la mansión estaba decorado con un estilo bastante moderno. Todos los muebles eran de color negro y blanco con estampados de cuadros o lisos. El suelo estaba cubierto en su totalidad por una moqueta gris perla que amortiguaba tanto las pisadas de Lía como las de los guardias. Pero ella contaba con las indicaciones de Chrys, que se desplazaba por las cámaras y buscaba el camino más seguro.

La chica no estaba acostumbrada a realizar misiones que exigieran tanto sigilo, pero lo estaba disfrutando. Se sentía como una espía de élite en la guarida secreta del villano, aunque estaba segura de que su objetivo no la esperaría en un sillón giratorio y con un gato entre los brazos. Más bien, se imaginaba una cripta llena de cuerpos desnudos y cubiertos de sangre con el poseído en medio de la terrorífica escena.

—¡Viene un guardia! Entra en la siguiente puerta a la derecha.

Lía obedeció y entró en la habitación. Cerró la puerta con cuidado, se apoyó en ella y escuchó los pasos amortiguados del guardia al pasar por delante. En cuanto dejó de escucharlos, se enderezó y posó la mano en el picaporte, pero una respiración la alertó.

—¿Chrys? —susurró.

—¿Qué pasa? No hay ninguna cámara en la habitación. ¿Estás bien? ¿Lía? ¡Contesta, por favor!

La preocupación del chico era palpable. Lía se giró con cuidado. A pesar de la penumbra que reinaba en la habitación, logró ver que estaba en un dormitorio.

La respiración procedía de la enorme cama con dosel que se hallaba en el centro de la estancia. Lía sacó su móvil y activó la cámara. Por el estridente resonar de las teclas, supo que su amigo ya estaba accediendo al aparato.

La joven se acercó despacio a la cama. Sabía que, si se trataba de una trampa, sus sentidos ya la habrían avisado. Descorrió el dosel con cuidado y miró el bulto que había sobre el colchón. Por la larga cabellera, dedujo que era una mujer.

Sin embargo, era incapaz de identificar su edad. Tenía la piel totalmente arrugada y pegada a los huesos. Largas venas negras recorrían el rostro de la mujer, cuyos ojos entrecerrados se movieron al percibir movimientos cerca. Los párpados se abrieron de golpe al ver a Lía, que mantuvo su posición junto a la cama.

—A… yuda… —gorgojeó la mujer.

—¿Quién…? —Lía se calló al reconocerla. Se trataba de Irina Lynch, la esposa de Vladimir.

—No… puedo… más… —La voz de Irina sonaba débil.

Lía se agachó junto al colchón y ayudó a la mujer a incorporarse con cuidado. En cuanto la sábana que la cubría se deslizó, la joven vio una enorme herida en el antebrazo de

Irina. La piel estaba cubierta de restos de sangre coagulada y pus. Las marcas que tenía eran de mordiscos, como si una bestia salvaje hubiera desgarrado la carne con rabia.

—Se está alimentando de ti. —El pensar en la pobre Irina sufriendo esa tortura le revolvía las tripas—. Dijo que estabas enferma, que por eso apenas salías de casa.

La mujer solo pudo sollozar. Sus ojos, cuya esclerótica se había tornado amarillenta y llena de pequeñas venas, le suplicaban con la mirada.

Lía miró de nuevo la herida. Los síntomas de la gangrena eran inconfundibles. Aunque Irina sobreviviera, perdería el brazo. La chica carraspeó para llamar la atención de Chrys, que había estado en silencio.

—No podemos enviar una ambulancia. Todos sabrían que estás ahí —decretó Chrys.

—¡Se está alimentando de ella! Hay pruebas suficientes para que lo arresten.

—Ese no es nuestro trabajo...

—¡Ya lo sé! —gruñó Lía—. Solo quiero que estéis preparados. La sacaré de aquí en cuanto acabe con él y necesitará asistencia médica urgente.

—Recibido.

La chica sabía que su compañero haría todo lo que estuviera en su mano para ayudar. El trabajo de los agentes de Mementos era tan solo vigilar a los entes sobrenaturales, incluso darles caza si era necesario, pero no existía ninguna ley que los obligara a salvar a los humanos afectados. Aun así, Lía no iba a ignorar el estado de esa pobre mujer, igual que tampoco la abandonaron a ella cuando era pequeña.

—Irina, escúchame —habló con voz dulce—. Ya estás a salvo. Voy a acabar con ese desalmado y volveré a por ti. Te lo prometo.

La mujer solo pudo asentir y ver cómo la cazadora salía de la habitación para retomar su misión.

Lía esperaba encontrar un portón de metal lleno de dibujos de demonios o cubierto de restos de sangre seca. Pero la entrada al sótano solo era una puerta de madera sencilla y pintada de blanco, a juego con el resto de la casa. Se encontraba bajo la escalera principal y podía haber sido el cuarto de las escobas.

Pero Chrys la había guiado hasta allí y sabía que su compañero nunca se equivocaba. Posó la mano en el pomo y lo giró poco a poco, tratando de hacer el menor ruido posible. La bisagra apenas chirrió cuando la joven abrió por fin la puerta y la cerró a sus espaldas.

Ante ella había una escalera de peldaños de madera que crujieron levemente bajo su peso. Escuchaba gemidos y susurros al fondo de los escalones. Lía tragó saliva. Los *hematíes* no eran famosos por ser peligrosos. La verdadera amenaza eran las personas a las que hipnotizaban y que estaban dispuestas a sacrificarse por su amo.

El olor metálico de la sangre iba en aumento con cada escalón que bajaba, así como el fuerte aroma del sudor y las feromonas. Lía se cubrió la nariz con una mano mientras sujetaba una de sus dagas con la otra. Debía concentrarse en su labor.

La visión del sótano se asemejaba bastante a lo que se había imaginado. Los muebles habían sido apartados contra la pared y el suelo estaba cubierto de colchones ocupados por varias personas desnudas. La mayoría eran jóvenes, víctimas del mundo de la gran pantalla y hambrientas de fama.

Todos los cuerpos presentaban heridas, desde pequeños mordiscos sangrantes hasta trozos de carne medio arrancados. Pero no había dolor en las facciones de los allí presentes. Cada uno de ellos miraba embelesado a Vladimir, el único cuya piel estaba impoluta. Se encontraba tumbado en un sofá y tenía la boca apretada contra el cuello de un chico. Los gemidos del joven se mezclaban con el sonido de succión.

Lía sabía lo que pasaría si la detectaban demasiado pronto. Todos los hipnotizados la atacarían, ella se defendería y acabaría con vidas inocentes. Debía encargarse rápido del poseído.

Terminó de bajar los escalones y se agazapó tras un armario. Las víctimas solo tenían ojos para Vladimir, pero Lía actuó con cautela. Si conseguía deshacerse del chico que estaba en el sofá, podría acabar rápidamente con el objetivo. Después tendría que correr con todas sus fuerzas. El efecto de la hipnosis desaparecería con el tiempo, pero no antes de que ella fuera descuartizada por una masa de gente enloquecida tras perder a su amo.

La puerta del sótano se abrió de un golpetazo y Lía se encogió en su escondite, rezando para no ser descubierta. Uno de los guardias bajó corriendo los escalones y miró a su jefe, que se había incorporado en el sofá.

—Señor, tenemos problemas —balbuceó el guardia—. Hemos encontrado un cuerpo decapitado en la segunda planta. Estamos reforzando la seguridad, pero debe ponerse a salvo.

—Malditos ineptos —gruñó Vladimir—. Dame un momento, ahora subo —añadió, y despachó al hombre con un gesto de la mano.

Lía apretó el mango de la daga, preparada. En cuanto el guardia cerró la puerta y Vladimir se levantó, salió de su escondite y lo soprendió al agarrarlo por la espalda. El hombre hizo el amago de gritar, pero ella posó la hoja plateada en su cuello.

—Ni se te ocurra gritar —le ordenó.

—¿Con quién crees que estás hablando?

La voz de Vladimir estaba cargada de persuasión demoníaca. Lía clavó un poco más su arma y el hombre enmudeció. Todos los hipnotizados siseaban y observaban a Lía, que comenzó a retroceder en dirección a la escalera mientras tiraba del hombre.

—*Hematíe* Vladimir Mirkoff. En nombre de Mementos —la garganta de Lía ardía por el olor de la sangre mientras recitaba el lema de la organización, pero logró mantener el control—, regresa al infierno.

—Soy un vampiro. ¡Un ser de la noche! Una chica no puede matarme. —Vladimir trató de hipnotizarla de nuevo, pero la joven se recompuso.

—No solo soy una chica. Soy Draculia Rhasil. La descendiente real de Vlad Draculea Tepes, también conocido como Drácula —contestó antes de decapitar al poseído.

Dio una patada al cuerpo y lo lanzó contra los hipnotizados, que se debatían entre abrazar a su amo sin cabeza o ir a por la culpable. Lía no se lo pensó dos veces; subió corriendo las escaleras y cerró la puerta una vez arriba.

Escuchó golpes y gruñidos al otro lado, pero nadie giró el pomo. Seguramente estaban demasiado débiles por la pérdida de sangre.

Ya solo le quedaba una cosa por hacer si quería terminar su misión con éxito.

La ambulancia ya estaba esperando cuando Lía salió de la mansión con Irina Lynch en brazos. Tras enviar un aviso sobre el abatimiento del objetivo, varios agentes habían entrado en la vivienda y detenido a los guardias. Cuando la joven había vuelto a por la mujer de Vladimir, varios compañeros ya estaban abriendo la puerta del sótano para asistir a las víctimas.

Lía observó agotada cómo la ambulancia se alejaba de camino al hospital. Irina había estado consciente lo suficiente para darle las gracias antes de que las puertas traseras del vehículo se cerraran.

—Soy Draculia Rhasil, descendiente de Drácula —se burló una voz a sus espaldas.

—Ya me gustaría haberte visto ahí dentro. Te habrías meado encima —respondió Lía mientras se giraba con una sonrisa.

Chrys le dio un vaso humeante. En cuanto se lo acercó a la boca, el aroma del chocolate inundó sus fosas nasales. Sopló un poco antes de dar el primer sorbo. El sabor dulce del cacao se mezclaba con un leve toque a metálico. Su amigo era experto en preparar batidos de chocolate y sangre.

—Eres la mejor, Lía —dijo Chrys mientras alzaba una

mano. Ella respondió al gesto con un resoplido entre agradecido y agotado.

—No quería compartir la herencia con otro primo falso —se mofó—. De verdad, no sé cómo ese loco de Vlad fue capaz de inventarse una historia tan épica.

—Igual también quería hacerse famoso —respondió Chrys, que se encogió de hombros—. En esa época, cualquier ser sobrenatural podía crear su propia leyenda.

—Mi padre siempre decía que Vlad era el equivalente al típico tío lejano, el rarito y excéntrico que da vergüenza invitar a las reuniones familiares. —Lía dio otro trago de su batido y suspiró. Aún le dolía recordar a sus padres.

—Al menos tu madre no monta a caballo con su cabeza bajo el brazo y una sonrisa de psicópata. —Chrys se estiró y soltó un largo bostezo—. Será mejor que vayamos a casa. Estoy agotado.

—Seguro que apretar teclas cansa mucho —se mofó Lía.

Miró una última vez la mansión y siguió a su compañero. Misión completada.

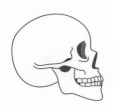 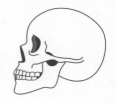

3. FAUSTUS

Serpientes y fantasmas

Una nube de polvo se alzó cuando Faustus dejó la caja en el suelo del salón. Se estiró mientras soltaba un gemido lastimero y sintió cómo sus vertebras crujían. Una risa divertida hizo que se girara y sus labios aletearon al ver a Yussu en la entrada con otra caja similar.

—¿El señor ya está viejo para cargar con peso? —bromeó su novio antes de depositar el paquete en el suelo. Cuando se enderezó con un quejido, Faustus no pudo reprimir una carcajada. Yussu hizo un mohín—. Cállate.

—No he dicho nada. —Con la sonrisa aún en los labios, Faustus sujetó a Yussu por la cadera y lo acercó a él. Rozó su nariz con la del otro y le dio un beso rápido—. Hacía mucho que no vivíamos en España.

—Madrid no es mi destino ideal, pero bueno. —Yussu miró nervioso hacia la ventana, que dejaba entrar el sol matinal—. Me va a costar un poco.

—Estaremos bien, te lo prometo —susurró Faustus, aún con las manos en la cadera de su novio. Coló los pulgares por debajo de la camiseta y acarició las escamas que decoraban el abdomen de Yussu que se estremeció cuando el roce le hizo cosquillas—. Todo va a salir bien.

—Un nuevo hogar, un nuevo comienzo —respondió el joven con una sonrisa—. Y siempre podemos ampliar tu hueste.

—Apenas tengo espacio en la piel para nuevos sicarios. —Faustus soltó una carcajada y finalmente se separó de su novio—. Aún tenemos que subir diez cajas más. Vamos, culebrilla.

Tardó unos segundos en moverse. Los ojos rasgados y dorados de Yussu tenían algo que lo hipnotizaba, incluso después de tantos años juntos. Acarició su cabello castaño y corto mientras contemplaba su rostro. La piel del naga estaba cubierta de miles de escamas de una tonalidad similar a la de sus ojos y centelleaban al moverse. Deseó que ese momento durara para siempre, pero tenían una mudanza que terminar.

Tardaron cerca de dos horas en vaciar todo el camión de mudanzas que habían alquilado. En cuanto la última caja tocó el suelo del salón, Faustus se acercó a Yussu con los ojos brillantes y le quitó la camiseta llena de polvo y sudor. El naga soltó una risa alegre debido a las cosquillas que le hacían los dedos de su novio en el abdomen, pero se dejó manosear.

—Eso no vale. Tú también estás sucio —murmuró cuando los labios de Faustus buscaron los suyos con un ansia voraz.

—¿Acaso te he impedido quitarme la ropa? —sugirió el nigromante con una sonrisa pícara.

Los besos y las caricias los acompañaron mientras se dirigían a la ducha y dejaban que el agua caliente recorriera sus cuerpos. Yussu se desprendió del *glamour* que ocultaba su aspecto naga y Faustus rozó con los dedos las escamas que cubrían el cuello del joven y le arrancó un suspiro placentero.

Los ojos rasgados de Yussu se clavaron en él mientras le retiraba un mechón blanco y húmedo del rostro. El amor con el que lo miraba seguía sorprendiéndole, aun tras cincuenta años juntos. Acostumbrado a la soledad, Faustus había encontrado en el naga a la única persona que lo aceptaba tal como era.

Cuando el agua comenzó a salir fría, Yussu hizo reaparecer sus piernas humanas y, tras cogerlo de la mano, arrastró a Faustus hasta la habitación, donde se dejaron caer sobre el colchón, desprovisto de mantas. A ambos chicos les dio igual, centrados únicamente en el cuerpo del otro.

Faustus aceptó la pasión desmedida de Yussu, pero no se dejó engañar. Sabía lo que se ocultaba detrás de la emoción de su novio. Cada nueva mudanza venía acompañada del miedo a que su padre los encontrase y enviara a nuevos asesinos tras ellos. Nunca llegaban a estar más de un año en el mismo sitio y la tensión constante estaba haciendo estragos en la estabilidad mental de Yussu.

La noche llegó con ambos jóvenes aún en la cama, con las piernas y los brazos enredados en un abrazo desesperado. Yussu, con la cabeza apoyada en el pecho de Faustus, suspiró y alzó la mirada para mirar al nigromante.

—¿Podemos cenar hoy en casa? No quiero salir a la calle —pidió en voz baja.

—Claro que sí. —Faustus acarició la mejilla del naga y sonrió para intentar ocultar su propio nerviosismo—. Como si quieres estar en la cama durante un mes. Me quedaré contigo siempre.

—En ese caso, será mejor que cojamos mantas. Te recuerdo que soy de sangre fría —bromeó mientras le sacaba la lengua bífida con un gesto infantil.

—¿No te sirvo yo? —Faustus los hizo girar sobre el colchón y se quedó encima de Yussu, rozando sus caderas con movimientos lentos. Al notar la reacción del naga, sonrió con malicia—. ¿Ves? También puedo darte calor.

Yussu sonrió y negó con la cabeza antes de apartarlo. Deshizo el *glamour* que convertía su cola de serpiente en piernas humanas y empujó a Faustus fuera de la cama con ella. El nigromante terminó cayéndose por el borde mientras trataba de recuperarse del ataque de risa.

—Venga. Prepara algo de cenar. Yo te espero aquí, debajo de una manta de verdad —dijo Yussu a la vez que se estiraba para recoger una del suelo. Sus ojos rasgados devoraron a Faustus mientras este se ponía la ropa interior. Cuando el nigromante alzó una ceja con soberbia, el naga puso los ojos en blanco—. Eres un engreído.

—Y tú el que ha hecho desaparecer sus piernas y *compañía* para no demostrar lo cachondo que está —replicó Faustus antes de agacharse para darle un beso rápido y salir de la habitación.

Rebuscó en la caja con la etiqueta «cocina» para sacar un par de platos y abrió la nevera. Solo tenían varias *pizzas* congeladas, yogures y una caja de cervezas. Frunció el ceño y suspiró. No había muchas opciones.

En cuanto sonó el pitido del microondas, Faustus cortó la *pizza* en dos y colocó ambas partes en los platos. Siseó al sujetar dos latas de cerveza contra su abdomen desnudo y cogió la cena con ambas manos. Silbando, recorrió el pasillo que llevaba a su habitación y empujó la puerta con un pie.

La escena idílica que había abandonado minutos atrás desapareció. El sonido de los platos al romperse contra el suelo le llegó amortiguado mientras sus ojos se llenaban de lágrimas. Ya no se encontraba en su piso, sino en la cafetería donde su novio había empezado a trabajar.

Yussu, tirado en el suelo detrás de la barra, lo contemplaba desde sus ojos desprovistos de vida. La sangre verde oscuro seguía manando del profundo corte que le abría la garganta. El suelo bajo sus pies desapareció y Faustus extendió las manos para intentar rozar las de Yussu. La oscuridad se lo tragó mientras sentía cómo su pecho se desgarraba desde dentro.

El grito de Faustus se le atascó en la garganta mientras le subía una arcada desde el estómago. Abrió los ojos de golpe y se incorporó en el sofá, pero todo empezó a dar vueltas a su alrededor y tuvo que tumbarse de nuevo.

El apartamento estaba completamente a oscuras. El atardecer apenas iluminaba el salón por el que cientos de sombras deambulaban alrededor de su dueño. Faustus encontró una botella de vodka en el suelo y la cogió con un gruñido. La inclinó sobre sus labios y esperó a que las últimas gotas resbalaran entre sus labios.

Arrugó la nariz al notar el líquido descender por su garganta y tiró el recipiente vacío al suelo, donde rodó por la alfombra hasta detenerse contra la pared.

—Novato, tráeme otra botella —siseó, y arrastró las palabras debido a la embriaguez.

—Aquí tiene, maestro.

Una sombra pequeña se había detenido ante el sofá. Entre los pliegues de oscuridad que se retorcían y ondulaban se podía distinguir la figura de un niño con el rostro inexpresivo. Con sus nebulosas manos, tendió otra botella a su amo y se retiró en silencio.

Faustus desenroscó el tapón con un gesto brusco para romper el precinto, pero no se llevó la botella a la boca. Giró el rostro y miró la foto que había dejado en la mesa, al lado del sofá. Detrás del cristal, dos chicos de piel bronceada sonreían a la cámara. Uno de ellos llevaba el pelo castaño corto. El otro lucía una media melena blanca y ondulada que ocultaba su ojo derecho.

Parpadeó con lágrimas en los ojos. El alcohol le impedía ver la verdadera imagen a través del *glamour*. Con cierto esfuerzo, volvió a centrarse en la fotografía. La piel del chico de pelo castaño se veía ahora escamosa, de preciosos tonos dorados. Sus pupilas, del mismo color, estaban rasgadas en vertical. Su acompañante solo había cambiado en un aspecto: las pupilas, en vez de negras, eran blancas como la nieve.

Se habían tomado esa foto casi tres meses atrás, una semana antes de que se torciera todo. Yussu acababa de cobrar y había decidido invitarlo a cenar. Aunque no andaban bien de dinero, Faustus no había querido arruinar el buen humor de su novio y había aceptado.

Ninguno sabía lo que iba a pasar unas horas después.

Habían ido a un restaurante japonés que quedaba cerca de su apartamento. Yussu tenía turno de mañana en la cafetería, así que tampoco podían volver muy tarde. Con el estómago lleno y el calor que siempre acompañaba a una cena regada con un buen vino, habían disfrutado el uno del otro durante horas, ocultos bajo las mantas y con sus cuerpos rozándose constantemente.

Al día siguiente, Yussu se levantó pronto para ir a trabajar y Faustus disfrutó de la cama para él solo. Horas más tarde, decidió darse una ducha y caminar hasta la cafetería, que estaba a diez minutos de su casa.

Cuando encontró la puerta del local destrozada, algo dentro de él le gritó que huyera. Que, si entraba y veía lo que tanto temía, no habría vuelta atrás.

El chico avanzó con paso tambaleante mientras llamaba a su novio. Las mesas estaban volcadas y el suelo estaba lleno de platos rotos y de sangre. Aún le generaba ansiedad recordar cómo había caminado entre toda esa destrucción, con el corazón en un puño. La entrada a la barra estaba al fondo del local.

Ni siquiera gritó cuando lo vio.

Los ojos sin vida de Yussu lo contemplaban, totalmente nublados. El hechizo que había convertido su cola de serpiente en piernas había desaparecido. Un charco de sangre verdosa procedente de su garganta abierta se extendía bajo su cuerpo. Su piel ya había empezado a pulverizarse. Una hora más tarde, no habría rastro del cadáver.

Faustus se llevó una mano al colgante que descansaba sobre su pecho y lo alzó. El pequeño vial parecía negro por la falta de luz, pero sabía a ciencia cierta lo que contenía. Apenas había tenido tiempo de recoger un poco de la sangre de Yussu cuando dos policías aparecieron por la puerta. No le resultó difícil evitarlos y regresar al apartamento. No había salido desde entonces.

—Maldito Yussu —gruñó entre sollozos.

Llevaban saliendo casi

cincuenta años y siempre habían dado esquinazo a los sicarios que enviaba el padre del naga. El chico había huido de Delhi cuando su progenitor le prohibió *salir con chicos*. Al ver que su hijo no obedecía, había enviado a decenas de asesinos para que acabaran con Yussu. Tenía quince vástagos; uno muerto no le supondría un disgusto.

Volvió a mirar el colgante. Sabía lo que diría su novio sobre sus intenciones, por eso llevaba casi tres meses sin decidirse a actuar. Yussu se lo había dejado claro. Si le pasaba algo, no quería que lo reviviera. Quería que pasara página, que buscase la felicidad en lugar de la venganza.

—Es muy fácil decirlo cuando no eres tú quien se queda atrás, solo y con el corazón roto —musitó, perdido en sus pensamientos.

Faustus sabía de la existencia del ritual. Era un hechizo mayor que requería un gran pago para poder realizarlo. Si todo salía bien, Yussu regresaría como un ser vivo, no como un zombi obediente. Sin embargo, el nigromante no contaba con el grimorio que narraba cómo realizar el ritual.

Si quería hacerlo, lo primero sería conseguir el libro. Y tenía una idea sobre dónde comenzar a buscarlo.

Se incorporó, tambaleante. El vodka ardía en su estómago y pugnaba por salir. Faustus hizo un giro rápido de muñeca y el fantasma de una chica apareció a su lado. Se apoyó en ella y se dirigió con paso lento al baño. Si iba a salir, tenía que estar en condiciones.

Varias arcadas y una ducha fría más tarde, Faustus se enfundó su gabardina negra y se puso unas gafas de sol. El astro rey ya se había ocultado, pero el chico no quería llamar la atención. No se veía con ganas de usar un *glamour* en sus ojos, por lo que el accesorio era necesario.

Abrió la puerta de su apartamento y cogió aire lentamente.

—Nos vamos —anunció mientras alzaba ambos brazos.

Todas las sombras del salón revolotearon hacia él y se adhirieron a su cuerpo. Su piel se llenó de dibujos tan negros como el alquitrán que formaban patrones aleatorios entre ellos. Cualquiera que lo viera pensaría que llevaba un tatuaje tribal gigante.

Bajó los brazos y se ató la gabardina. Si quería recuperar a Yussu, debía actuar ya. Cuanto antes se levantase y dejara de llorar, antes podría traerlo de vuelta desde la dimensión demoníaca.

Por mucho que su novio se negara, Faustus no iba a rendirse. Había estado muchos años solo, con la única compañía de su hueste. Yussu había sido el motivo por el que había dejado de asesinar a sangre fría. Habían huido juntos de los asesinos, y habían acabado con ellos cuando habían tenido ocasión y enviado sus cabezas al padre del naga.

Sin él, su única opción era ser consumido de nuevo por la oscuridad. Y no podía permitírselo. Mementos siempre estaba alerta y Faustus sabía que no podía hacer nada contra la organización. Habían convivido en paz durante los veinte años que llevaba en Madrid. Si volvía a matar, no tardarían en *castigarlo*.

En cuanto salió a la calle, el ruido de la Gran Vía lo hizo gruñir por lo bajo. Su cabeza palpitaba dolorida y aún sentía el regusto amargo del vómito en la boca.

Si quería encontrar el grimorio, debía recurrir a un experto. Sus pasos lo llevaron a la calle de Hortaleza, en esos momentos llena de gente con ganas de fiesta. La librería que buscaba estaba cerrada, pero eso no lo detuvo.

Acercó un dedo a la polvorienta puerta y dibujó varios números: cuarenta y dos, cuarenta y dos, quinientos sesenta y cuarto. Después, dio tres golpes secos con los nudillos.

Una membrana oscura cubrió la puerta y Faustus la atravesó sin dudar.

Los viandantes siguieron a lo suyo, sin ser conscientes de que, a pocos metros, la entrada a la biblioteca nigromántica se cerraba tras recibir a un nuevo visitante.

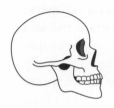 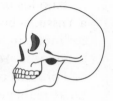

4. FAUSTUS

Resurrección plena y otros hechizos útiles

En cuanto sus pies se posaron en el suelo marmóreo de la biblioteca, Faustus se quitó las gafas de sol, alzó una mano y cubrió su rostro con ella. Al instante, uno de los tatuajes de su antebrazo vibró y se expandió hasta ocultar la cara del chico bajo una máscara negra y fluctuante.

Todo nigromante tenía acceso a la biblioteca, pero existía una regla no escrita: los asuntos de cada uno eran privados, por lo que era mejor ir siempre con el rostro oculto.

Faustus caminó entre las oscuras estanterías, repletas de grimorios y de toda clase de documentos de índole sobrenatural. Contenían hechizos, rituales, relatos históricos, recortes de periódico…, todo lo que tuviera que ver con los brujos y sus artes oscuras.

Sus pasos lo llevaron hasta un espacio más amplio, un cruce de muchos pasillos en el que había un enorme escritorio. Aunque no era el centro de la biblioteca, si es que existía tal lugar, cualquier visitante podía encontrarlo tarde o temprano si caminaba sin rumbo fijo.

Había un anciano sentado con la espalda encorvada y los ojos fijos en un libro de cuentas. Su piel apergaminada se le pegaba a los huesos y los pocos cabellos blancos que le quedaban parecían telarañas. Su huesuda mano sujetaba una pluma con la que garabateaba nombres y números en las amarillentas páginas.

El nigromante carraspeó para llamar su atención y recibió un gruñido molesto como respuesta.

—Mira quién se deja caer por mi humilde biblioteca. —La voz del anciano sonaba igual de áspera que una hoja de papel al rasgarse—. Faustus Seamus Grimm.

—Yo también me alegro de verte, Natius —respondió el aludido con ironía—. Estoy buscando un ritual.

—Como muchos otros que acuden a este lugar. —Los ojos neblinosos del anciano se posaron en el chico, que notó un escalofrío al percibir el escrutinio. Frunció el ceño antes de añadir—: Una pena lo del joven Yussu. Pero traerlo de vuelta no me parece la opción más acertada.

—Ya soy mayorcito para tomar mis propias decisiones.

—Noventa y ocho años no son nada, Faustus. Aún eres un crío —lo contradijo el anciano con un gesto rápido de la mano—. ¿Y qué opinará Papa?

—Mientras no moleste y le siga enviando almas cada mes, le da igual lo que haga. —Faustus apretó la mandíbula. La mención de su padrino siempre lo ponía de mal humor. Y Natius lo sabía.

—Tú verás lo que haces —claudicó el anciano.

Depositó la pluma junto al libro de cuentas y estiró sus huesudos dedos hacia una urna ubicada a su derecha, al borde del escritorio. Faustus apartó la mirada cuando el anciano levantó la tapa del recipiente. Solo un loco se atrevería a echar un vistazo al remolino de fuegos fatuos que allí moraban. Los pocos valientes que lo habían hecho no habían sobrevivido para contarlo.

En cuanto escuchó al bibliotecario colocar la tapa de nuevo, volvió a mirarlo. En la mano del anciano había una pequeña voluta azul, parpadeante. La acercó a sus labios y susurró unas palabras inaudibles para el nigromante. El fuego fatuo sufrió un leve espasmo y se elevó en el aire antes de dirigirse flotando a un pasillo.

—Que tu noche sea larga —se despidió el anciano.

—Y que la muerte guíe tus pasos —terminó Faustus sin mirarlo.

Mientras el chico seguía a la titilante llama, pensó en Natius. Se había despedido con una frase que solo los nigromantes usaban. Sin embargo, todos sabían que la naturaleza del anciano distaba mucho de ser la de un practicante de magia mortuoria. Siempre había estado ahí, protegiendo la biblioteca. Y, cuando Faustus muriera, el anciano sería quien tachase su nombre del libro de cuentas.

Avanzó a buen ritmo, sin perder de vista al fuego fatuo. Por el rabillo del ojo veía a veces a otros nigromantes, con sus rostros cubiertos por una máscara de sombras y con ropas acordes con la atmósfera reinante en el lugar.

El chico llevaba años sin pisar la gran biblioteca. Tenía un control pleno de sus poderes y su día a día no requería hechizos complicados u olvidados. La herencia de su maestro le permitía vivir sin necesidad de un trabajo mortal, por lo que solo usaba a su hueste para localizar a los sacrificios que enviaba a su padrino todos los meses. Ladrones, asesinos, violadores, pederastas…, las almas más oscuras que podía encontrar.

Faustus se detuvo cuando el fuego fatuo llegó a una estantería y parpadeó junto a un viejo libro. El chico sopló sobre la voluta para que se apartara y cogió con cuidado el tomo. Su portada había desaparecido tiempo atrás, pero las páginas seguían bien sujetas al lomo.

Abrió el viejo grimorio y leyó por encima su contenido. El libro era una recopilación de toda clase de resurrecciones: invocar fantasmas antiguos, amaestrar a tu nuevo zombi, formar un ejército de esqueletos…, y cómo realizar una resurrección plena.

El nigromante se permitió lucir una sonrisa victoriosa mientras sus ojos recorrían ansiosos la descripción del ritual.

Sin embargo, su gesto fue desapareciendo a medida que avanzaba en la lectura. El proceso no era sencillo, pero tampoco imposible. El verdadero problema era el pago.

Se llevó una mano al pecho, donde descansaba el colgante con el vial. Tenía uno de los componentes: una parte del difunto. Sin embargo, el ritual requería de una fuente de poder mágica muy poderosa y que, para colmo, esta tuviera relación con la naturaleza del muerto.

—¿De dónde demonios saco yo eso? —bufó. Sus palabras resonaron en el pasillo.

Cogió aire y lo expulsó varias veces para tranquilizarse. Había encontrado el ritual. El primer paso estaba hecho.

—Rufus —susurró mientras posaba una mano en la página abierta. El tatuaje que adornaba su muñeca tembló antes de extenderse sobre el papel. La oscura lámina comenzó a llenarse de letras hasta que el ritual se hubo copiado entero.

Ahora debía encontrar un objeto mágico poderoso que tuviera relación con los nagas.

Su apartamento lo recibió completamente vacío. Se quitó la gabardina y dejó que su hueste se dispersara por el lugar, y las paredes y los rincones se llenaron de sombras neblinosas y obedientes.

Se dejó caer en el sofá con un suspiro. A esas horas, Yussu lo estaría esperando con la cena lista. Al naga se le daba muy bien la cocina, no como a Faustus, y era un experto en hacer repostería, de ahí que decidiera trabajar en una cafetería. En esos momentos, la cocina estaba en silencio, llena de platos sucios y botellas de alcohol vacías acumuladas desde hacía casi tres meses. El nigromante se veía incapaz de hacer nada, a pesar del olor a abandono de la vivienda.

El lugar en el que se había encontrado su corazón ahora era un agujero oscuro y hueco.

—Maestro, esto puede interesarle.

La voz vacua de una chica lo despertó de su ensoñación.

Lenalee lo observaba con el rostro inexpresivo y un papel en la mano. No le había hecho gracia que su fiel compañera no lo hubiera acompañado a la biblioteca nigromántica, pero la nota que ofrecía le decía que había valido la pena enviarla en busca de información.

El nigromante cogió el trozo de papel y miró a la fantasma. Había sido la primera integrante de su hueste, un regalo de su maestro. Cuando se conocieron, un año antes de su conversión, era una chica alegre y divertida que vivía en la casa de al lado.

Por esa época, Faustus vivía con su maestro y no podía salir de la vivienda. Nunca había sentido la necesidad de hacer amigos, pero Lenalee entró en su monótona vida como una estampida. Después de cada clase, el chico se escapaba por la ventana del baño y pasaba la tarde con la joven. Pronto empezó a sentir algo por ella, pero algo distinto al amor; era un vínculo de amistad profundo, casi inquebrantable.

El día de su cumpleaños, su maestro entró en el dormitorio del chico. Llevaba a Lenalee sujeta del cuello con una mano y sostenía un cuchillo en la otra. Sonrió y le deseó feliz cumpleaños antes de atravesarle el corazón a la muchacha.

—Vamos, no dejes que tu amiguita escape —lo instó el hombre tras soltar el cuerpo sin vida de Lenalee.

Faustus aún recordaba cómo el alma de su amiga había salido en forma de voluta negra y fluctuante. Extendió una mano para ordenerle que se sometiese, y el fantasma lo aceptó como amo.

Apartó el recuerdo de su mente y miró el trozo de papel. Uno de sus contactos le había informado sobre una subasta ilegal al cabo de dos noches en el Museo del Prado. El objeto en cuestión era un brazalete en forma de serpiente, desenterrado recientemente en una excavación cercana. Según algunas criaturas, poseía un hechizo latente muy poderoso.

«Podría tener relación», pensó Faustus. Una sonrisa lobuna adornó su rostro.

Hacía mucho tiempo que no iba al museo.

5. LÍA

Hogar, dulce hogar

L ía cerró la puerta del apartamento y soltó un prolongado bostezo. Cuando se giró, vio a Chrys en la puerta del ascensor con una sonrisa burlona.

—¿Qué? —gruñó. Odiaba madrugar.

—Eres tan delicada por las mañanas… —contestó el chico con ironía.

La joven entró en el habitáculo y las puertas se cerraron tras ella. Se miró en el espejo que había en la pared y bufó. Aún se podía ver el moratón que le había dejado el *irae* en la mandíbula. Ya habían pasado dos días, pero todavía sentía el cuerpo dolorido por la pelea.

Se giró levemente para comprobar qué tal le quedaba el pantalón nuevo. Era una prenda oscura y elástica, bien pegada a sus piernas. Junto a la sudadera rosa pastel y sus fieles botines, la prenda le sentaba genial. Llevaba su melena rubia recogida en una coleta y, como única señal de maquillaje, los labios pintados de rosa chicle. Sus ojos azules la contemplaron desde el espejo, somnolientos.

Aprovechó para mirar el reflejo de Chrys. Su compañero

llevaba vaqueros rotos, unas zapatillas que ya casi andaban solas, una camiseta básica blanca y una camisa de leñador morada y negra. El atuendo, unido a una barba de pocos días y a su pelo negro ondulado y despeinado, le daba aspecto de hípster. Sus dedos volaban sobre la pantalla táctil de su móvil a toda velocidad.

«Ya está con sus jueguecitos», pensó cuando Chrys gruñó al perder una partida.

Salieron del bloque de pisos y el sol matinal los saludó. Lía se estiró perezosamente, indiferente a las miradas reprobatorias de los viandantes. Madrid era una ciudad segura gracias a gente como ella, así que deberían mostrarle más respeto.

Para llegar al trabajo, solo tenían que cruzar el paseo del Prado, una larga calle que iba desde la rotonda de la Cibeles hasta la estación de Atocha. Su apartamento estaba justo enfrente del Palacio de Telecomunicaciones, la mejor tapadera para una organización que se enfrentaba al crimen sobrenatural.

Mientras esperaban a que el semáforo se pusiera en verde para los peatones, Lía miró la estatua que adornaba la rotonda. Uno de los leones que tiraban del carro se estiró, perezoso. Su pétrea dueña chasqueó la lengua y el felino se enderezó de nuevo.

«Pobrecitos. Tienen que aburrirse un montón.»

La estatua de Cibeles era un gólem guardián. Si un sospechoso intentaba colarse en la base, la mujer y sus felinos se encargarían de quitarle las ganas.

En cuanto el semáforo se puso en verde, cruzaron al otro lado de la calle y se acercaron al inmenso Palacio de Telecomunicaciones. Cada poco tiempo entraban y salían del edificio personas con trajes de ejecutivos, sin ser conscientes de lo que pasaba unos metros más abajo.

A medida que se acercaban, Lía sintió la magia ilusoria que camuflaba el acceso a Mementos. Aunque la gente podía verlos dirigirse a la entrada, el hechizo hacía que las personas normales ignorasen su presencia. Los dos jóvenes llegaron a la puerta y apoyaron una mano en ella. Lía se estremeció cuando sintió el cosquilleo que le producía el sello mágico al reconocerla como miembro de Mementos. La estancia que los recibió al entrar no casaba con la que se distinguía a través del cristal de la entrada.

Las paredes laterales de la sala estaban llenas de puertas, cada una de un estilo y color distinto a las demás, por las que entraban cientos de personas. Al fondo había cinco enormes ascensores. Lía y Chrys entraron en uno y esperaron a que las puertas se cerraran. No necesitaban pulsar ningún botón; todos iban al mismo lugar.

—Pero si son nuestros criajos favoritos —masculló un hombre a su lado.

—Buenas, Ralf —respondió Lía con el mismo tono de desprecio.

—Menuda paliza te dieron el otro día, ¿no? Algunas misiones deberían realizarlas hombres de verdad, no niñas malcriadas. —Los dos colegas de Ralf se carcajearon.

—Oye, Chrys. ¿Te has enterado? —El aludido despegó los ojos de su móvil y miró a Lía, cuyos dientes relucían en una mueca cruel mientras ignoraba descaradamente al hombre—. Me han contado que, el otro día, a Ralf se le puso dura persiguiendo a la Mantis. Seguro que después tenía quemaduras en los calzoncillos.

—Eso sí que es ponerse *caliente* —respondió Chrys con la misma sonrisa lobuna.

El gruñido de Ralf reverberó en el ascensor. Incluso sus compañeros soltaron una pequeña risotada. El traje negro que llevaba empezó a humear como respuesta a la ira del hombre.

Ralf era un *piroggart*, un *boggart* ígneo. A diferencia de sus primos, que preferían las ciénagas y los lugares húmedos, los *piroggart* habitaban zonas secas y llenas de gente. Tenían un carácter agresivo, que mostraban en forma de calor. Si se enfadaban mucho, todo su cuerpo se envolvía en llamas.

—Vamos, Ralf. *Cool down* —dijo Chrys. Las carcajadas de los dos jóvenes resonaron aún más en el habitáculo.

—Al menos acabaste con ella, ¿no? —preguntó Lía al

notar la furia creciente del hombre. Su nariz bulbosa, propia de un duende, estaba totalmente roja.

—Por supuesto. Siempre hago bien mi trabajo —respondió Ralf con un gruñido. Alzó el mentón en un gesto orgulloso.

Existía un tipo de demonio, llamado *afrodis*, que se alimentaba de energía sexual. Controlaba tanto a hombres como a mujeres, lo que daba lugar a los conocidos íncubos y súcubos.

La Mantis era el nombre en clave de una súcubo. La asesina no solo dejaba agotadas a sus víctimas, sino que les arrancaba la cabeza al terminar de alimentarse, algo impropio de su especie. Ralf y su equipo se habían encargado del caso.

El ascensor se detuvo y todos sus ocupantes salieron. Lía suspiró mientras contemplaba lo que llevaba siendo su hogar desde hacía más de diez años.

La base de Madrid de Mementos, una organización encargada de hacer frente a las criaturas sobrenaturales que contaba con sucursales por todo el mundo, era una instalación gigante que abarcaba gran parte del subsuelo madrileño. Existían múltiples entradas, entre ellas la del Palacio de Telecomunicaciones.

Todo el lugar parecía sacado de una película de ciencia ficción. Tenía inmensos pasillos llenos de trabajadores, salas plagadas de habitáculos de oficina, enormes celdas que contenían toda clase de monstruos perversos… Era la parte oculta de la sociedad, la que vivía en la oscuridad.

Los miembros de Mementos eran los encargados de supervisar cualquier peligro sobrenatural. Lógicamente, la organización apenas contaba con humanos normales entre sus trabajadores. En su mayoría eran brujos, duendes, hadas, vampiros, licántropos, no muertos y cualquier criatura que quisiera colaborar.

Lía y Chrys se despidieron de Ralf y su equipo antes de tomar el pasillo central. Esa misma mañana habían sido llamados por Alyson Roderick, mentora de Lía y líder de la sucursal española de Mementos. La mujer se había encargado del adiestramiento de la chica, siempre con mano firme.

El despacho de Roderick estaba lejos, por lo que se montaron en una pasarela móvil. Chrys seguía mirando su móvil, pero el gesto de concentración que mostraba indicaba que ya no estaba jugando. Como *hacker* del equipo, el muchacho debía esforzarse en encontrar cualquier indicio de alerta sobrenatural en todo momento.

Lía se apoyó en el reposabrazos y miró alrededor, aburrida. Mementos se había convertido en su rutina, una vida de acción y peligro que le impedía tener un día *normal*. Sin embargo, estaba agradecida con la organización, que la había encontrado cuando su padre, poseído por un demonio, estuvo a punto de matarla.

Llegaron a su destino pocos minutos más tarde. Llamaron a la puerta de cristal traslúcido y esperaron. Unos segundos después, esta se abrió sin que nadie la tocara.

La sala era enorme, pero el único mobiliario era un escritorio moderno en el centro. Sentada detrás, Roderick tecleaba con movimientos veloces y con la mirada puesta en un ordenador. Lía siempre quedaba fascinada ante la presencia de su mentora.

Era la jefa de sucursal más joven, con tan solo cuatrocientos años. Era una *shenlong*, un dragón divino procedente de Japón. Aunque parecía una mujer de treinta años, sus ojos rojizos y los destellos azules de su melena negra dejaban claro que de humana tenía poco. Cuando fulminaba con la mirada a Lía, esta sentía todo el poder del cielo sobre ella.

—¡Ya era hora de que llegarais! —Roderick apartó el rostro del ordenador y observó a sus subordinados, que inclinaron la cabeza en señal de respeto—. Tenéis una misión.

—¿Ya? —gimió Lía, pero se calló cuando su mentora entrecerró los ojos, molesta.

—Han encontrado un objeto mágico en un yacimiento cercano. Según nuestros informantes, ya ha sido robado a sus descubridores y se subastará de forma ilegal esta misma noche en el Prado. Quiero que te hagas con él —sentenció.

—¿Alguna recomendación?

—No falles —fue la respuesta de Roderick.

—Es un objeto mágico. Intenta no tocarlo —añadió una voz a su izquierda. Lía sonrió al reconocer a su dueña.

Marta era bruja y ayudante personal de Roderick. Estaba especializada en la magia natural y se había consagrado a Deméter. Su melena, verdosa y ondulada, flotaba detrás de ella mientras se acercaba al escritorio, donde dejó una taza humeante.

Lía miró con curiosidad la enredadera que reposaba en el hombro de Marta y que llegaba hasta la puerta lateral por la que había entrado. Al otro lado se distinguía una sala llena de plantas, como si hubiera una selva dentro. La bruja se dio cuenta de su verdosa acompañante y la acarició con los dedos. Lía habría jurado haber escuchado un ronroneo antes de que la enredadera retrocediera y cerrase la puerta tras ella.

—No sabemos qué te encontrarás en la subasta, pero ten cuidado. Al parecer, se trata de un objeto muy poderoso. Mucha gente tendrá los ojos puestos en él —afirmó la bruja.

—Podéis retiraros —los despidió Roderick mientras cogía la taza de té.

Los dos jóvenes volvieron a inclinar la cabeza y salieron del despacho.

Tenían una nueva misión.

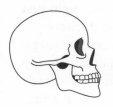 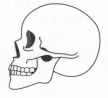

6. FAUSTUS

Bueno, bonito y maldito

A simple vista, el museo parecía cerrado. La sala donde se compraban las entradas, situada detrás de tres puertas de cristal que daban a la plazoleta, tenía las luces apagadas. Sin embargo, Faustus subió por las escaleras laterales y se detuvo ante el portón que daba a la galería de arte.

El *glamour* era fuerte, pero el nigromante no tuvo dificultades en ver a través de él. Las luces del museo estaban encendidas y un gran grupo de visitantes hacían cola ante tres fornidos porteros. A Faustus le bastó un leve vistazo para reconocerlos como hecatónquiros, gigantes con cientos de brazos y poco cerebro. Era mejor no meterse en problemas con uno cerca.

En cuanto pasó el control, caminó con parsimonia por el pasillo central. La subasta aún no había comenzado, por lo que el portal todavía estaría cerrado. Paseó la mirada por los cuadros y las esculturas, aburrido. Nunca había sido un gran fan del arte.

Sus ojos se desviaron hacia una de las asistentes al evento.

Era una chica joven, de melena rubia recogida en una fina trenza. Aunque caminaba sin prisa y con expresión ausente, la tensión era evidente en su cuerpo. Faustus se concentró en el aura de la extraña.

«Un híbrido de vampiro. Interesante.» Apartó la mirada cuando la joven se dio cuenta de su escrutinio y siguió caminando.

—Señoras y señores, la subasta empezará en diez minutos. Acudan ordenadamente a la sala de conferencias. Gracias —informó una voz robótica por megafonía.

No era la primera vez que Faustus acudía a un evento en el Museo del Prado. Irónicamente, el portal que daba al punto de reunión estaba oculto en *El aquelarre*, un cuadro que pertenecía a las pinturas negras de Goya. En la obra, pintada originalmente al óleo sobre revoco y pasada a lienzo, se podía ver a un grupo de brujas y al demonio en forma de macho cabrío.

Faustus negó con la cabeza y sonrió levemente. En la actualidad, muy pocos brujos se consagraban a Satán, un demonio mayor cuyos anfitriones apenas sobrevivían a su posesión. Lo que dejaba tras regresar a su dimensión era un amasijo de extremidades deformes y llenas de pústulas. Nadie querría a alguien así como padrino.

La cuerda de seguridad que había ante el cuadro estaba tirada en el suelo. El nigromante pasó por encima de ella y sintió cómo su cuerpo era absorbido por el portal antes de ser regurgitado en la sala de conferencias donde tendría lugar la subasta.

La estancia no era muy grande. Tenía varias filas de asientos separados por un pasillo central que terminaba en la tarima principal. Detrás de un pequeño atril estaba el maestro de ceremonias, un *goblin* de nariz y orejas puntiagudas enfundado en un traje negro. Su piel verde brillaba bajo los focos y contemplaba con impaciencia cómo los invitados cruzaban el portal y tomaban asiento.

En cuanto todos estuvieron sentados y cesaron los murmullos, la criatura dio una fuerte palmada.

—Buenas noches, damas y caballeros. Es un placer para mí contar con su presencia esta magnífica noche. Espero que disfruten de la velada y que los artículos sean de su agrado.

Con otra palmada, uno de los hecatónquiros entró por un lateral del escenario arrastrando una vitrina. En su interior se podía ver un objeto alargado y peludo de un color blanquecino y brillante.

—Nuestro primer artículo es una cola de kitsune, aún fresca. ¿Quién quiere una vida extra?

Faustus observaba con curiosidad los objetos ofertados, pero ninguno era lo que buscaba. Una esquirla de la piedra de Rosetta, un dedo de la mano del rey Midas, un colmillo de basilisco, un set de escamas de sirena…

El maestro de ceremonias presentaba los artículos uno por uno y comenzaba la competición por ver quién daba más. Las manos se alzaban y ofrecían una cantidad mayor que la anterior, hasta que el precio dejaba de crecer. Aunque muchos de los asistentes iban solo para ver, había cuatro que siempre competían por cada uno de los objetos. Faustus reconoció a una *tanuki*, una mujer zorro de edad avanzada, y a un *preta*, cuya apariencia de anciano decrépito ocultaba un espíritu de la avaricia y daba mal rollo al chico. Los otros dos pujantes eran brujos, aunque ninguno tenía un aura muy poderosa.

—El siguiente artículo es la pieza principal de esta subasta. Se trata de un amuleto mágico recién descubierto. Alberga en

su interior una maldición mortal, capaz de acabar incluso con un dios. Les presento… el brazalete de Ofiuco —anunció el maestro de ceremonias.

Faustus se enderezó en su asiento y contempló el objeto mientras uno de los hecatónquiros colocaba su vitrina en el centro del escenario. Era un brazalete con forma de serpiente. Sus escamas negras parecían absorber la luz de los focos. La cabeza del reptil tenía dos pepitas de oro a modo de ojos y dos diamantes afilados como dientes.

Al nigromante no le pasó inadvertida la reacción de la chica híbrida. En cuanto el maestro de ceremonias anunció el precio de partida, Faustus alzó la mano. La joven le imitó un segundo después, y aumentó la puja. La *tanuki* y el *preta* no se quedaron atrás, pero los otros dos compradores no mostraron interés por el brazalete.

—¿Alguien da más de catorce mil euros? —preguntó el *goblin* cuando la *tanuki* hizo la última oferta.

Faustus gruñó por lo bajo. Tenía bastante dinero ahorrado, pero no estaba dispuesto a pagar tanto. Fingió rascarse el tobillo y ordenó a uno de sus fantasmas que se pegara al abrigo de la *tanuki*. Si quería hacerse con el objeto, solo tendría que robarlo.

Una vez retirado el artículo, la híbrida se levantó. Su expresión era una mezcla de frustración y decisión. A Faustus no le dio buena espina, por lo que decidió esperar unos segundos antes de seguirla. En vez de cruzar el portal, la chica había desaparecido por uno de los laterales de la sala, que daban a los aseos, a la salida trasera… y al almacén de objetos subastados.

El nigromante se detuvo ante la puerta de los baños. Mientras fingía que se limpiaba las manos en el lavabo exterior, ordenó a Lenalee que entrase en el aseo de chicas para ver si la joven se encontraba dentro. La fantasma apenas tardó unos segundos en volver. La híbrida no estaba.

Recorrió el resto del pasillo y se detuvo ante dos puertas. Una daba a la salida trasera, mientras que la otra era la entrada al almacén. Inspeccionó la segunda y se fijó en que la cerradura había sido forzada. Apoyó una mano en la puerta, que se abrió sin ofrecer resistencia.

La sala estaba a oscuras, por lo que no le resultó difícil camuflarse con sus fantasmas. La voz del maestro de ceremonias se escuchaba al otro lado de la pared, amortiguada. Uno de los hecatónquiros, con un *glamour* que lo hacía parecer humano, estaba sentado en una silla con una revista en una mano, haciendo tiempo hasta que tuviera que sacar el siguiente artículo.

Faustus se alejó de él con cuidado y buscó con la mirada a la otra visitante. Su hueste temblaba, lo que expresaba la tensión de su amo. Agitó los dedos y Lenalee, situada en su muñeca, abandonó su piel para convertirse en una cuchilla de sombras.

Apenas había avanzado un par de metros cuando se detuvo, alerta. Sentía la presencia de la híbrida muy cerca, pero era incapaz de verla. Se reprendió para sus adentros. Si tenía sangre de vampiro, también poseía la capacidad de ocultarse en la oscuridad.

Un destello llamó su atención. A unos tres metros de su posición estaba la vitrina que contenía el brazalete. Los dorados ojos de la serpiente eran hipnotizantes. Faustus se sorprendió al ver cómo la chica surgía de las sombras y se acercaba al expositor. Alzó una mano, titubeante, sin saber cómo conseguir el objeto. Cuando sus dedos se acercaron al cristal, el nigromante supo lo que iba a pasar.

—¡No lo toques! —gritó, pero su aviso llegó tarde.

En cuanto los dedos de la muchacha rozaron la vitrina, una estridente alarma estalló en el almacén. La joven miró a Faustus, confusa y con cara de pocos amigos. Golpeó con un codo el cristal en un intento vano de hacerse con el objeto.

Por encima de la alarma resonó el rugido del hecatónquiro, cuya apariencia humana fluctuó hasta que se hicieron visibles sus cien brazos y sus cincuenta caras. La criatura embistió contra ellos, y a su paso apartó a golpes todos los muebles.

Faustus y la híbrida consiguieron apartarse a tiempo, pero la vitrina que contenía el brazalete estalló en mil pedazos.

Uno de los cristales cortó en la mejilla a la joven, que se llevó la mano al rostro con una expresión de dolor. El hecatónquiro se giró y sus cien ojos fulminaron a los dos intrusos con la mirada. El nigromante miró los brazos del gigante, cuyas manos se abrían y cerraban con rabia.

Si no conseguían deshacerse de él, estaban muertos.

7. LÍA

Solo un mordisquito

Lía paseaba la mirada nerviosamente entre el misterioso chico que le había gritado y el mastodonte que se dirigía a ellos con una cantidad inhumana de extremidades y ojos. No había planeado meterse en una pelea, solo coger el brazalete y huir como si no hubiera pasado nada.

Saltó cuando varios brazos del hecatónquiro trataron de alcanzarla. El otro joven se camufló entre las sombras, pero Lía sentía su presencia. Antes había estado demasiado centrada en el brazalete, pero ahora era capaz de notarlo.

Puso distancia entre ella y el gigante mientras buscaba su objetivo. Había perdido de vista el brazalete cuando la vitrina había estallado, pero no podía haber caído muy lejos. Un destello dorado llamó su atención. Los ojos de la serpiente la observaban cerca de los pies del hecatónquiro.

El guardia profirió un rugido estridente antes de volver a embestir. Lía esperó hasta el último momento y se apartó, pero uno de los brazos la golpeó en el hombro y la envió contra la pared. El impacto hizo que soltara todo el aire que tenía en los pulmones. Cuando logró enfocar la vista, se encontró con los ojos del desconocido. El joven había salido de su escondite y tenía una mano extendida hacia el brazalete.

«De eso nada.»

Lía se incorporó, apoyó un pie en la pared y saltó. Su competidor se dio cuenta demasiado tarde de sus intenciones. La chica voló los pocos metros que los separaban y cerró los dedos en torno al brazalete. En ese momento, se dio cuenta de tres cosas.

Marta le había recomendado no tocar el objeto mágico.

Algo dentro de ella chillaba que lo soltara lo antes posible.

Y toda la sala parecía haberse congelado.

En cuanto impactó con el suelo, el tiempo volvió a fluir en el almacén. Alzó la mano izquierda, que sujetaba el brazalete, al sentir movimiento entre sus dedos. La serpiente había cobrado vida y se estaba enroscando alrededor de su muñeca ante los ojos estupefactos de Lía. Cuando el reptil clavó los dientes en su piel, ni siquiera fue consciente del dolor.

La onda mágica que surgió de ella lanzó por los aires al misterioso chico, acompañado de todos los muebles rotos que había cerca. Los ojos de Lía estaban puestos en el brazalete, hipnotizada. En cuanto los diamantes salieron de su piel, se rompieron, y sintió todo el peso de la maldición en su cuerpo. Gritó mientras el fuego le explotaba en la muñeca y ascendía por el brazo. Se quedó sin respiración al notar una puñalada en lo más profundo del corazón. Cada latido era una agonía que le arrancaba aullidos de dolor.

Consiguió abrir los ojos lo suficiente para ver al hecatónquiro acercándose a ella. Si no se levantaba, moriría aplastada.

«Ojalá me arrancara el brazo», logró pensar entre la bru-
ma de sufrimiento.

Una figura se interpuso entre ellos. El misterioso chico alzó
una mano, donde brillaba un cuchillo negro. Lía no perdió la
oportunidad. Haciendo un esfuerzo titánico, logró incorporarse y echó a correr hacia el pasillo. Si conseguía llegar a la salida trasera, podría esconderse hasta recuperarse lo suficiente.

Atravesó la entrada del almacén y se apoyó en la puerta
de enfrente. Tanteó el picaporte entre gemidos de dolor y empujó, mareada. Los golpes en la sala se acercaban, pero no
miró atrás. Al final la puerta cedió y el aire frío de la noche
le acarició el rostro sudoroso.

El chico apareció en la entrada del almacén y la fulminó
con la mirada, furioso.

—¡Tú! ¡No huyas! —vociferó, pero Lía no estaba dispuesta a obedecer. Intentó agarrarla del brazo, pero ella se apartó
y le dio una patada.

Su perseguidor lo intentó de nuevo, pero un brazo del
hecatónquiro surgió de la puerta del almacén y lo estampó
contra la pared.

Lía echó a correr por la plazoleta que daba a la entrada del
museo. Aunque aún le dolía el brazo, se había reducido a un
pinchazo palpitante cuyo centro se encontraba en su muñeca
izquierda. Maldijo por no poder llamar a Chrys. Si hubiera
llevado un auricular, no la habrían dejado entrar a la subasta.

Llegó cojeando hasta la fuente de Neptuno y vio cómo su
amigo, montado en uno de los caballos, se bajaba apresuradamente al reconocerla.

—Mierda, Lía. ¿Qué ha pasado? —Chrys pasó un brazo
alrededor de la cintura de la chica y la sujetó con firmeza.

—Esto —respondió ella mientras alzaba la muñeca. La
serpiente, tras morderla, había recuperado su forma de brazalete—. Tenemos que irnos. Ya.

Chrys asintió con el rostro inexpresivo. Apoyó la mano
libre en uno de los caballos de la fuente, que se soltó de sus

riendas. Su parte trasera, en forma de cola de pez, aleteaba en el aire con energía. Los dos jóvenes se montaron, con Lía sujeta entre los brazos de Chrys, y la criatura comenzó a ascender por el paseo.

Un minuto después, se desmayó.

Lía entreabrió los ojos al sentir un paño húmedo y frío sobre su frente. Chrys estaba sentado a su lado, con la preocupación pintada en el rostro. Reconoció su habitación entre la niebla que le cubría los ojos. Logró incorporarse apoyándose en su amigo y bostezó, agotada.

—Lía, ¿qué ha ocurrido? —preguntó Chrys. La chica se sorprendió del tono serio que había usado, algo poco común en él.

—Intenté hacerme con el brazalete, pero no era la única interesada. Si a eso le añades un hecatónquiro con complejo de toro, pues… —Levantó la muñeca izquierda. Los ojos dorados de la serpiente parecían mirarla con malicia—. Todo salió volando y lo cogí sin pensar.

—¿Y…? —Chrys alargó la pregunta para que siguiera hablando.

—Y esta cosa me mordió y quise arrancarme el brazo —terminó ella. Aún sentía el dolor palpitante en la muñeca.

Cuando volvió a mirar el brazalete, algo le llamó la atención. La cabeza de la criatura reposaba sobre su piel, al lado de dos marcas negras. Pequeñas venas oscuras bordeaban las dos hendiduras. La imagen le dio muy mala espina.

—Tenemos que llamar inmediatamente a Roderick. No sabemos qué tipo de magia había dentro, pero no puede ser buena —dijo Chrys.

—Según el maestro de ceremonias, una maldición mortal. Espero que solo fuera *marketing* —bromeó Lía, pero la cara de miedo de su amigo le borró la sonrisa de los labios—. Seguro que una noche de descanso es suficiente. Mañana se lo decimos, ¿vale?

Chrys apartó la mirada y soltó un gruñido, pero accedió. Lía no quería asustar más a su compañero; bastante miedo tenía ya ella.

Consiguió levantarse y fue directa a la ducha mientras Chrys preparaba la cena. No pudo evitar mirarse al espejo. Tenía un corte poco profundo en la mejilla, hecho por un cristal cuando la vitrina estalló. El agotamiento era evidente en sus ojos. Las dos últimas misiones se habían complicado más de lo esperado.

Dejó que el agua caliente recorriera su rostro y se llevara cualquier rastro de suciedad y sangre. Por un segundo pensó en el chico del almacén. No tenía claro qué criatura era, pero sabía que ambos buscaban lo mismo.

«No creo que haya sobrevivido. Me da hasta pena», pensó mientras soltaba un prolongado suspiro.

Miró otra vez su *nuevo* adorno. Los restos del agua brillaban sobre las escamas negras. Una gota se deslizó desde uno de los ojos dorados como si fuera una solitaria lágrima. Lía apretó los labios, asustada.

«¿En qué lío me he metido?»

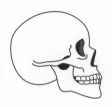
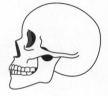

8. FAUSTUS

Abrazos peligrosos

Faustus esquivó un nuevo ataque del hecatónquiro y salió a la plazoleta de la entrada. La híbrida había desaparecido aprovechando que el nigromante había cogido complejo de pegatina contra la pared.

El chico estaba furioso. A juzgar por sus gritos de dolor en el almacén, tenía claro que la maldición había entrado en la joven. No pretendía salvarla, pero la necesitaba con vida si quería recuperar el contenido mágico que ahora llevaba en su cuerpo. Por eso se había interpuesto entre ella y el guardia, y se había llevado muchos golpes como consecuencia.

Los brazos del hecatónquiro aparecieron por la puerta trasera seguidos del cuerpo y de sus cincuenta rostros iracundos. Faustus tragó saliva y retrocedió. Su enemigo iba a ser un reto bastante difícil de superar, sobre todo con sus habilidades de combate oxidadas por el desuso.

—Venga, gigantón. ¿No ves que yo no tengo el brazalete? —escupió, pero la criatura siguió bufando.

«Tantas cabezas y ni una sola neurona.»

Faustus puso los ojos en blanco y adoptó una postura

de combate, con el cuerpo un poco girado y con una pierna adelantada. Sabía que no conseguiría nada en una pelea a corta distancia, pero necesitaba tiempo para pensar en una estrategia.

El hecatónquiro dio un potente salto con los brazos elevados para aplastar al nigromante. Faustus se echó a un lado en el último segundo, pero la onda de choque le lanzó varios metros por los aires. En el lugar donde había estado un momento antes había un profundo agujero. Varios pares de ojos se fijaron en él y sintió un escalofrío al darse cuenta de que cada uno se movía de forma independiente, una característica más propia de una criatura de pesadilla que de un guardia.

Se incorporó de un salto y envió una orden mental a Lenalee. La fantasma, aún en forma de cuchillo, se había caído durante la refriega. La chica se convirtió en humo y regresó a la piel de Faustus mientras este invocaba a otro de sus súbditos. Un segundo después, Craige abandonó su posición en la clavícula y tomó forma de pistola en la mano derecha del nigromante.

La primera bala de sombras impactó en uno de sus ojos y arrancó a la criatura un rugido de dolor y rabia. Cuando embistió contra Faustus, uno de sus brazos le agarró del pelo, tiró y arrastró al chico por inercia. El nigromante alzó la pistola de nuevo y disparó en dirección a los rostros del monstruo.

El hecatónquiro lo soltó y se protegió con sus múltiples apéndices, lo que dio un respiro al joven. Faustus sacudió la cabeza, mareado. Se alejó de su enemigo con paso tambaleante, pues no sabía cómo salir de la situación.

«Si pudiera inmovilizarlo de alguna manera…»

Su mirada se dirigió durante un instante a la salida trasera y, tras la puerta abierta, al almacén destrozado. Ya que lo estaban atacando por ser un ladrón, no perdía nada por cumplir con esas expectativas.

Lenalee se deslizó por su piel y cayó al suelo en forma de charco negro. La mancha zigzagueó en dirección al almacén y Faustus se centró de nuevo en el hecatónquiro. Si lograba ganar tiempo, aún podía derrotar a la criatura.

El guardia estiró todos sus brazos en una posición amenazante. Algunas de sus caras mostraban manchas de sangre, consecuencia de los balazos. Craige seguía en su mano, por lo que Faustus envió una nueva oleada de proyectiles.

El hecatónquiro cubrió sus rostros con varios brazos y se agachó. Sus numerosas manos arrancaron una baldosa de la plaza y la lanzaron como si de un disco se tratase.

Faustus sonrió y abrió su gabardina. Veinte de sus mejores fantasmas aullaron mientras salían despedidos hacia el objeto arrojadizo y detenían su trayectoria. El nigromante observó orgulloso a sus sirvientes. Eran sombras sólidas, con cuerpos llenos de remolinos de oscuridad y vistazos fugaces de rostros. Algunos mantenían su forma humana, pero otros eran una amalgama de tentáculos y garras que se sacudían en el aire. Sus voces, ecos agonizantes y furiosos, clamaban muerte.

—Devolvédsela, chicos —ordenó Faustus mientras alzaba el rostro. Su expresión era de superioridad, como si el hecatónquiro solo fuera una mosca molesta.

Los fantasmas volaron contra la bestia. Las garras arañaban sus brazos y de sus rostros surgían bocas que le arrancaban trozos de carne. Los tentáculos dejaban surcos allí donde impactaban los latigazos. Y Faustus lo contemplaba todo de brazos cruzados, orgulloso de sus *niños*.

—Maestro.

Una sombra tomó forma a su lado y Lenalee alzó una mano. El dedo de Midas descansaba en su palma, pequeño y arrugado.

—Esperemos que sirva.

La chica acercó el objeto a Craige. El fantasma, aún en forma de pistola, lo sujetó con un zarcillo de oscuridad y lo introdujo en su interior. Faustus apuntó al hecatónquiro, que seguía peleándose con sus súbditos, y envió una orden mental para que lo mantuvieran sujeto.

Los entes agarraron varios brazos y tiraron de ellos en muchas direcciones. La bestia rugió, una mezcla de ira y terror.

El nigromante no se lo pensó dos veces. Se acercó al guardia, introdujo la punta de la pistola en una de sus bocas y disparó. El chillido del hecatónquiro resonó en sus oídos, pero no se apartó.

Lentamente, los movimientos de la bestia se ralentizaron hasta detenerse del todo. Su piel, llena de heridas sangrantes, emitió un leve brillo dorado que fue en aumento. Varios segundos más tarde, Faustus contemplaba una estatua de oro en forma de hecatónquiro.

El chico se acercó lentamente al borde de la plaza, que daba a un parque de hierba recién cortada, y se tumbó. Su corazón latía frenético y tenía la respiración acelerada. Sus fantasmas se acercaron con cuidado, tanteando el terreno. Adoraban a su amo, pero a la vez le temían. Era un terror profundo. No tenían voluntad propia, solo seguían los mandatos del nigromante.

—Venid aquí, venga —murmuró con los ojos cerrados mientras extendía los brazos a ambos lados.

Los fantasmas invadieron su piel y adoptaron de nuevo su apariencia de tatuajes. Faustus sonrió. Notaba la emoción de su hueste tras el combate. Pero no podía perder más tiempo.

—Novato —llamó. El niño se despegó de su tobillo y tomó forma humana, con la cabeza inclinada en señal de sumisión—. Sigue la esencia de la chica. En cuanto des con ella, regresa.

El pequeño asintió una sola vez antes de perderse en las sombras de la noche. Faustus se levantó y se cerró la gabardina con un escalofrío. Necesitaba entrar en calor mientras su sirviente realizaba la búsqueda.

—Me hace falta un café —murmuró con un bostezo.

Iba a ser una noche muy larga.

9. LÍA

Invitados indeseados

Mientras soltaba un bostezo, Lía cambió al siguiente canal. Se había puesto un chándal para estar más cómoda y se había tumbado en el sofá mientras Chrys terminaba de preparar la cena. Aunque eran las dos de la mañana, los dos estaban demasiado nerviosos y hambrientos para irse a dormir.

Apretó furiosamente el mando del aparato y se encontró con un nuevo programa de teletienda.

—¿En serio no hay nada interesante a estas horas? ¡No quiero una faja milagrosa que hace que te salgan abdominales de la nada! —bufó.

—En cuanto veas el anuncio cuatro veces más, la querrás. Esos vendedores pagan mucho por hechizos de hipnosis —comentó su amigo desde la cocina.

Ambas estancias formaban parte de la misma habitación, y una barra americana era la única separación. Chrys estaba mirando embobado el microondas, cautivado por las vueltas que daban los dos envases de fideos instantáneos que había encontrado en la alacena.

Lía abrió la boca en un profundo bostezo y miró a la ventana. Chrys dio un salto al escuchar el chillido de la chica, que señalaba el cristal con expresión asustada.

—¡¿Qué pasa?!

—Me ha parecido... —La joven se había acercado con expresión tensa al cristal, desde el que se veía la fila de árboles que adornaban el paseo del Prado—. Me ha parecido ver una cara fuera. Habrá sido cosa del cansancio, perdona.

—Estamos los dos agotados. Demasiadas emociones en pocos días —admitió Chrys.

Lía se puso de rodillas en el sofá y apoyó los brazos en el respaldo para observar a su compañero. Chrys llevaba un pantalón de chándal corto, una camiseta sin mangas muy holgada en la que ponía «Hada se nace, no se hace» y el pelo negro muy despeinado, e iba descalzo, a pesar de los fríos azulejos de la cocina.

No pudo más que sonreír aliviada. No podía tener un compañero mejor.

En cuanto el microondas pitó, los dos jóvenes se sentaron en las banquetas altas de la barra americana y comenzaron a comer. Lía abrió sus fideos de pollo con *curry* y removió el contenido con los palillos. Chrys, justo enfrente de ella, hizo lo mismo con sus tallarines con verduras. En temas de comida, ella defendía el maravilloso sabor de la carne mientras que él era un vegetariano inamovible.

El timbre de la entrada resonó en la vivienda y los sobresaltó. Los dos tenían los nervios a flor de piel.

—¿Has llamado a alguien? —preguntó Lía.

—No. Dijimos que mañana —respondió. Ambos miraron al pequeño recibidor donde se encontraba la puerta de entrada.

—Escóndete. Voy a ver quién es.

Lía se levantó y cogió un cuchillo de cocina de la encimera. Chrys, de pie tras la barra americana, se agachó detrás del mueble y asomó la cabeza para poder mirar.

La chica agudizó el oído. Solo se escuchaba una respiración al otro lado de la puerta. Se acercó con cuidado, tratando de no hacer ruido, y destapó la mirilla. No veía a nadie, pero sentía una presencia.

—¿Quién es? —alzó la voz con firmeza. No hubo respuesta.

Miró hacia atrás e indicó a Chrys que se agachara. Cuando su compañero desapareció detrás de la barra, Lía quitó el pestillo y abrió un poco la puerta. Una gran ráfaga de aire y oscuridad la embistió de forma brusca y la lanzó por los aires.

Lía rodó por el suelo y se incorporó a duras penas cuando chocó contra el sofá. Al alzar la vista, reconoció al chico del museo, que la contemplaba desde la puerta abierta de su apartamento.

—Tienes algo que me pertenece —decretó el visitante. Su voz era fría e inexpresiva. La oscuridad ondulaba a su alrededor, lo que le daba una apariencia aterradora.

—Oficialmente, ahora es mío —contestó ella mientras le enseñaba el brazalete atado a su muñeca.

—Te necesito viva, pero no entera —finalizó su atacante antes de alzar ambas manos.

Otra ola de oscuridad surgió de su piel. Lía se estremeció al contemplar la marea de fantasmas que se lanzaban a por ella, con las garras listas para despedazarla. Con un gesto rápido, cortó el aire con el cuchillo de cocina, pero los espíritus no retrocedieron. Un tentáculo la agarró del tobillo, pero lo cercenó con un golpe rápido.

—No sé quién eres, pero has entrado en mi apartamento sin permiso. Lárgate o atente a las consecuencias —amenazó. Había tenido un día de mierda, así que no estaba de humor para visitantes indeseados.

—¿Una híbrida con un cuchillo? No me hagas reír —espetó el desconocido, que hizo un gesto de desprecio con la mano.

Lía retrocedió en dirección a su habitación. Miró un segundo a la barra americana, donde esperaba que estuviera Chrys. Tenía que alejar a su agresor de él y darle una oportunidad para escapar.

—Sí, soy una híbrida. Pero, como ya sabrás, tengo sangre de vampiro —apuntó—. Yo también sé hacer ese truquito de las sombras.

Con un grito de guerra, se lanzó contra los fantasmas. El cuchillo destellaba entre la oscuridad viviente y provocaba desgarrones y aullidos de rabia. Sabía que los espíritus no morirían, pero al menos los debilitaría durante un tiempo. Su enemigo, que debía ser un nigromante, también se dio cuenta, porque envió una nueva oleada de siervos.

La pelea se prolongó unos minutos, pero Lía tenía las de perder. El chico observaba la escena sin mover un dedo, dejando que sus fantasmas atacaran una y otra vez a Lía. Uno de ellos tiró de su tobillo y la joven cayó al suelo. Se atragantó al sentir el duro impacto en su espalda.

—No vale la pena. Deja de resistirte —ordenó el nigromante. Sus fantasmas la tenían sujeta contra el suelo, inmóvil. Lía se retorció, rabiosa—. Será una muerte rápida, te lo prometo.

El desconocido se desplomó en el suelo tras el gong del sartenazo. Chrys, de pie con el objeto aún en la mano, sonrió triunfal.

—Lo vi en una peli. Siempre he querido hacerlo —confesó con sorna mientras ayudaba a Lía a levantarse.

Los fantasmas, con su amo inconsciente, revoloteaban por la estancia con movimientos nerviosos. Chrys cogió un bote de la alacena, tiró su contenido a la basura y se plantó en mitad del salón con él en alto. Los espíritus, atraídos por *algo*, entraron en el recipiente sin oponer resistencia.

—¿Me ayudas?

Lía se había agachado junto al nigromante y trataba de levantarlo. Entre los dos lo arrastraron hasta la salita que usaban de trastero, llena de estantes y cajas y de una gran capa de polvo. Mientras Chrys apoyaba al chico contra el radiador, Lía rebuscó entre varios baúles y sacó dos cadenas grisáceas.

—Te ayudaría con eso, pero...

—Lo sé. Yo me encargo —respondió Lía.

Las ataduras estaban hechas de hierro, plata y savia feérica, una mezcla a prueba de muchas criaturas. Chrys podía tocarlas, pero estaría una semana con un sarpullido en las manos.

Mientras Lía ataba de pies y manos al nigromante, su compañero recogió el bote con los fantasmas y se lo acercó al rostro.

—Menuda hueste tiene este tipo. ¿Quién es, por cierto?

—El otro interesado en el brazalete. Lo dejé entreteniendo al hecatónquiro mientras escapaba. Pensé que estaría muerto a estas alturas —confesó Lía.

—¿Y qué vamos a hacer con él?

—De momento, esperar a que despierte y me cuente esos planes malvados que implican matarme. Será mejor que llames a Roderick —dijo ella con un suspiro de rendición.

—Creo que es lo más inteligente que te he oído decir esta semana.

 # 10. FAUSTUS

Unidos por el cúter

Cuando recuperó la conciencia, el dolor de cabeza era tan fuerte que se mareó. Faustus recordaba haber atrapado a la híbrida, pero, a partir de ese momento, todo se volvía negro. Miró confuso a su alrededor. Al intentar incorporarse, se dio cuenta de la presencia de las cadenas. Gruñó al ver que estaba atado de pies y manos.

Envió una orden mental a sus fantasmas para que lo soltaran, pero no obtuvo respuesta. Se permitió sentir una pizca de miedo antes de retomar sus intentos de liberarse. Unos segundos después, se dio por vencido y miró los eslabones grisáceos.

«Grises no. Plateados.»

El hierro, sobre todo con fibra de plata, era de los mejores materiales para detener a un brujo. Aunque las leyendas urbanas decían que solo servía contra las hadas, era útil ante casi cualquier criatura viva.

Al concentrarse, también sintió una esencia feérica en las cadenas. La persona que lo había apresado tenía un buen instrumental. Analizó la sala en la que se encontraba. A simple vista, parecía un trastero normal y corriente.

«Pero es de una híbrida.»

En ese momento la puerta se abrió, y el nigromante cerró los ojos a causa de la luz cegadora.

—Buenos días, princesa. Ya pensaba que nunca te despertarías —saludó una voz cantarina. La chica lo observaba desde la entrada con una expresión vencedora.

Faustus, con el mentón bien alto, le devolvió la mirada. En cuanto se liberase, la joven suplicaría por su vida.

—Veo que no eres muy hablador —comentó ella en broma. Su rostro se tornó serio un segundo después—. ¿Por qué quieres matarme?

El nigromante apartó la mirada con expresión aburrida. Tenía que idear una forma de romper esas cadenas. Sin sus poderes no podía invocar a la hueste y, por tanto, era poco más que un humano longevo.

—Entiendo. —La híbrida salió de la sala. Faustus escuchó sus pasos alejarse durante unos instantes y regresar poco después—. ¿Cuánto me darán por esto en el mercado negro?

El nigromante trató de ocultar su ira. La chica tenía en la mano un bote de cristal lleno de sombras. Sus fantasmas daban vueltas en su interior, perdidos, igual que peces arrastrados por una corriente demasiado fuerte. Faustus no podía perderlos, eran lo más parecido a una familia que tenía. Muchos llevaban décadas con él. Gruñó para sus adentros antes de hablar.

—Necesito la maldición que había en el brazalete. Ahora tú eres el receptáculo. Tengo que matarte —confesó con rabia.

—¿Para qué necesitas la maldición?

—Eso no te incumbe.

Faustus bajó la mirada. No podía desconcentrarse pensando en Yussu. Cada vez que su mente evocaba la imagen de su novio, los recuerdos de su cuerpo sin vida lo asaltaban, oscuros y macabros.

—¿No puedes usar otra cosa que no sea esta maldición?

La pregunta lo cogió por sorpresa. Si él estuviera en su lugar, la dejaría morir y se quitaría a un enemigo de encima. En cambio, ella estaba tratando de entenderlo y debuscar una solución a un problema totalmente ajeno a ella.

—¿Tienes algún objeto mágico muy poderoso que esté relacionado con serpientes? —contestó con desdén.

La híbrida se miró la muñeca, donde descansaba el brazalete de Ofiuco. La sala se quedó en silencio unos segundos. Faustus solo podía pensar en una solución, y esta implicaba matar a su captora. Pero iba a ser difícil llevarlo a cabo estando encadenado y sin sus fantasmas.

—Mi… compañero ha ido a buscar información. Quizá él sepa algo. —La muchacha se encogió de hombros.

—¿Por qué me ayudas? Estoy diciendo que necesito matarte. —Faustus la miró como si fuera estúpida. No entendía a esa joven.

—Porque me salvaste la vida en el museo. Aunque luego me has intentado asesinar en mi propia casa —afirmó ella antes de soltar un gran suspiro—. Ya pensaré qué hacer contigo. De momento, te quedas aquí.

La puerta se cerró y Faustus quedó envuelto de nuevo por la oscuridad. Notaba el cuerpo dolorido por la postura forzada y aún le palpitaba la cabeza por el golpe. Sin embargo, lo que más le dolía era el orgullo. Lo habían atrapado por haberse confiado.

No pudo evitar pensar en Yussu. La única forma de recuperarlo era hacerse con la maldición, pero la híbrida no parecía entusiasmada con la idea de sacrificarse. Faustus apoyó la cabeza en el radiador y suspiró. En tres meses, su vida se había ido a la mierda y no tenía pinta de querer regresar.

Un timbre al otro lado de la puerta lo sacó de sus pensamientos.

«Será el compañero de la chica», supuso. Por culpa de las cadenas era incapaz de sentir las auras de los demás.

Le pareció escuchar los pasos de su captora y, segundos más tarde, un estruendo. El suelo del trastero vibró levemente. Estaba pasando algo al otro lado de la puerta, y no era un saludo entre amigos.

Se oyeron gritos y un rugido demasiado familiar. Reconoció los pasos apresurados de la muchacha antes de que esta abriera la puerta y la cerrase tras de sí, con la respiración acelerada. Faustus la vio tantear con la mano en una estantería, coger un objeto y volver a la puerta. Cuando escuchó el clic del cerrojo, supuso que era una llave.

—No creo que una cerradura detenga al hecatónquiro —comentó con un suspiro de resignación.

—Es una llave feérica. Nada podrá echar esta puerta abajo —respondió ella. Retrocedió un paso cuando un intenso golpe resonó al otro lado. La puerta vibró, pero se mantuvo en su lugar.

—¿Cómo te han encontrado?

—Ese maldito *goblin* tenía un trozo de cristal en la mano. —La joven se llevó los dedos al corte de la mejilla y el nigromante, que entendió el gesto, asintió.

—No puedes enfrentarte sola a ellos. Suéltame y te ayudaré.

—¿Me ves con cara de estúpida? Me matarás en cuanto tengas ocasión —respondió ella, tajante. Comenzó a pasear por el minúsculo espacio, nerviosa—. Tiene que haber alguna forma de salir. Tarde o temprano se cansarán, ¿no? Si pudiera hacerme con una de mis dagas, entonces…

—¿Y qué pasará cuando llegue tu compañero? —Faustus sonrió con disimulo al distinguir miedo en el rostro de la chica—. Si me sueltas, prometo no atacarte. Lanzaré a mis fantasmas contra ellos y huiremos. No podemos luchar aquí.

—Tengo una idea mejor. —El nigromante contempló con expectación cómo su captora buscaba entre las cajas de manera apresurada. A pesar de la oscuridad, le sorprendió descubrir que ella parecía ver sin problema. La joven soltó un pequeño grito de victoria y sacó algo de un bote—. ¿Quieres que te suelte? Pues ya sabes lo que toca —afirmó mientras le enseñaba un cúter.

—¿Suicidio colectivo?

—Un pacto de sangre. Así me aseguro de que me ayudas. Y tú también podrás fiarte de mis intenciones —respondió ella. Se arrodilló ante él y apoyó la hoja del cúter en la palma—. Tú decides.

Faustus miró a la joven. Algo dentro de él sabía que, si no aceptaba, no saldrían de ahí con vida. Tarde o temprano ella abriría la puerta y el hecatónquiro los descuartizaría como muñecos. Le daba mucha rabia tener que aceptar. Si lo hacía, estaría perdiendo la oportunidad de hacerse con la maldición. Chasqueó la lengua, irritado.

—Vale, acepto.

—Bien. —La chica se hizo un corte en la mano derecha, del que comenzó a manar un hilo de sangre—. Yo, Draculia Rhasil, prometo ayudarte a lograr tu objetivo y no intentaré matarte.

El nigromante se inclinó hacia ella, alzó las manos encadenadas para coger el cúter, cuya hoja ya estaba manchada de sangre de la híbrida, y se hizo un corte.

—Yo, Faustus Seamus Grimm, prometo ayudarte y no tratar de matarte —gruñó.

Ambos se dieron un apretón de manos. Al momento, las dos heridas comenzaron a burbujear y la sala se llenó del inconfundible aroma de la magia antigua, una mezcla de hierba, tierra húmeda y polvo.

Cuando se soltaron, los dos tenían una cicatriz blanquecina en el lugar donde se habían hecho los cortes. Draculia tanteó con rapidez entre los grilletes y liberó a Faustus, que se frotó las muñecas y los tobillos doloridos.

—Bien. Hagamos lo que dijiste. Yo abro la puerta, tú lanzas a tus fantasmas y salimos por patas.

Draculia se agachó, cogió el bote donde estaban los espíritus y lo abrió. Faustus suspiró aliviado al sentir el roce de sus sirvientes por la piel mientras estos se acomodaban de nuevo en su amo.

Con un asentimiento, los dos se levantaron y se acercaron a la puerta. Los golpes se escuchaban cada poco tiempo, pero la madera no mostraba ni una simple grieta.

«La magia feérica es fascinante.»

Draculia cerró la mano en torno a la llave y tragó saliva.

Sus ojos, que buscaban un último empujón, miraron a Faustus. Él cogió aire y lo soltó lentamente. Veía su propio miedo reflejado en el rostro de su nueva aliada.

Justo cuando ella iba a girar la llave, el nigromante lo sintió.

—¡Espera! —exclamó, y levantó una mano para pedirle silencio.

Ahora que no tenía las cadenas, podía percibir las auras cercanas. Reconoció la del *goblin* y la del hecatónquiro, pero algo más se estaba acercando. Notó que la sangre abandonaba su rostro al reconocer la esencia de un dragón. Había dos presencias más, pero la primera las eclipsaba con su desorbitado poder.

—Joder. Tienen un dragón —acertó a decir con un hilo de voz.

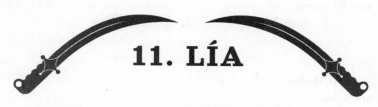

11. LÍA

Cómo sobrevivir a la ira de tu jefa

Lía miró a su nuevo aliado tratando de entender sus palabras. No era posible que hubiera dicho eso. Si el enemigo realmente contaba con un dragón, podían darse por muertos.

—Dime que estás bromeando.

—¿Tengo pinta de ello? —replicó Faustus.

La chica soltó la llave, pues temía que los nervios hicieran que la girara y permitiera el paso a sus enemigos. Su cabeza seguía negando la posibilidad de un dragón. Eran criaturas legendarias, cuya mera existencia modificaba el destino mismo. Nadie había matado a una de esas bestias divinas, era algo inconcebible. Se decía que, si un dragón moría asesinado, el universo sería arrasado con él.

—No puede ser. Ni siquiera existe en España un registro de los drag... —Una idea apareció en la mente de Lía. Qué estúpida era—. ¿Qué ves en su esencia?

—¿Crees que esto es como una prueba de ADN? —Su mirada hizo que Faustus apartara el rostro, molesto—. No lo sé. Es como una bombilla roja gigante. Siento... ¿especias?

—Vale, es buena señal. ¿Está sola? —preguntó emocionada. Si su corazonada era cierta, estaban salvados.

—No. Hay dos auras más, pero son muy pequeñas en comparación. Una es... —Faustus se concentró para tratar de discernir una de las esencias ocultas por el poder del dragón—. Magia. Un brujo.

—Bien. —Lía soltó un gemido de alivio y se dejó caer de rodillas, agotada—. Estamos a salvo.

—¿Se te ha ido la pinza? ¡Tienen un dragón! —vociferó el nigromante.

—Ese dragón es mi jefa —respondió ella con una sonrisa de suficiencia.

Un potente rugido hizo temblar todo el apartamento. Cada poro de la piel de Lía se estremeció. Su instinto animal le pedía a gritos que huyera, que escapase lejos. Pero la chica reconocería esa furia en cualquier lugar. Había escuchado ese rugido muchas veces de pequeña, sobre todo cuando cometía alguna travesura.

Faustus se arrodilló a su lado con el semblante aterrorizado. Lía entendía perfectamente cómo se sentía.

Todo se quedó en silencio. El único sonido que se escuchaba en el trastero eran sus respiraciones agitadas. Después, unos pasos que se acercaban y los nudillos de alguien llamando al otro lado de la puerta.

—¿Lía? ¿Estás bien? —La aludida se levantó de un salto al escuchar la voz de Chrys. En cuanto giró la llave, abrió y se lanzó a sus brazos. Su compañero le devolvió el gesto con expresión preocupada—. ¿Qué está pasando aquí?

Lía se apartó y miró por encima del hombro de Chrys. El *goblin* y el hecatónquiro, ahora con su apariencia humana, estaban de rodillas en la entrada del apartamento, con las manos esposadas. Detrás de ellos se hallaba Roderick, de pie y con expresión malhumorada, y Marta se encontraba tras la barra americana, rebuscando en la alacena.

—Espero que tengas una buena explicación, o te meteré en una celda de aislamiento durante un mes —sentenció su jefa.

—Primero vamos a tomar un té relajante. No se puede

mantener una conversación con los nervios a flor de piel —añadió la bruja mientras cogía el hervidor de agua—. Queréis todos, ¿no? ¿Cuatro tazas?

—Cinco —la corrigió Lía con una sonrisa tensa. Se giró y miró a Faustus, que no parecía querer salir del trastero.

Roderick y Marta se sentaron en el sofá mientras los tres jóvenes esparcían cojines en el suelo para estar más cómodos. En la mesa, cinco tazas humeantes dotaban a la sala de un aroma dulce y cítrico.

—Esto es increíble... —murmuró Roderick con la mirada baja.

—Ya he dicho que fue un accidente. Solo quería coger el brazalete antes que él —se defendió Lía mientras señalaba al nigromante—. Estaba más concentrada en eso que en lo que pasaría si lo tocaba.

—¿Qué sabes sobre ello? —Los ojos rojos de Roderick se centraron en Faustus como dos ascuas ardientes.

—No mucho —acertó a decir el chico. La presencia de la dragona aún le producía escalofríos—. Yo solo estaba buscando un objeto mágico relacionado con serpientes. Sabía que era poderoso, pero no lo que contenía.

—Una maldición mortal, según el *goblin* —añadió Marta con gesto preocupado.

Mientras se hacía el té, varios guardias de Mementos habían acudido al apartamento para llevarse a los dos detenidos. El maestro de ceremonias, aterrado ante la ira del dragón, había repetido su presentación del brazalete de Ofiuco.

—Pero se podrá detener, ¿no? Alguna contramaldición habrá —dijo Lía. Intentó mostrarse tranquila, pero por dentro estaba completamente aterrada.

Su muñeca palpitaba, aún dolorida. Miró el brazalete negro y las dos hendiduras. Una línea oscura había surgido entre ellas y se estaba extendiendo por la piel, como si quisiera rodear del todo la muñeca.

—Si conociéramos su origen, sería posible. Una maldición tan antigua solo puede ser anulada por su creador —explicó Roderick. Detrás de su fachada seria y formal, Lía logró entrever cierta incertidumbre.

«Si ella está asustada, se trata de un problema muy grave.»

Pensar en ello no ayudaba. Cogió su taza y dio un profundo trago a la infusión. Mientras el líquido descendía por su garganta, sintió las pequeñas oleadas de tranquilidad extenderse por su cuerpo.

La magia de Marta era increíble. Como buena bruja natural, era capaz de dotar a las plantas de cualquier tipo de cualidad. Lía sonrió al recordar la infusión vigorizante que le había preparado durante una de sus misiones en la que se había infiltrado en un instituto para identificar a un demonio que repartía drogas sobrenaturales. Había coincidido durante la época de exámenes, por lo que la chica quiso probar la experiencia.

La primera semana había sido una pesadilla agotadora. Le había pedido a Marta una infusión para poder mantenerse despierta por la noche y estudiar. Durante varias horas, se había creído capaz de ver el sonido.

«Seguro que muchos traficantes la querrían como proveedora.»

Sonrió con solo pensarlo. Cuando alzó la mirada y se encontró con los amenazadores ojos de Roderick, palideció.

—¿Acaso te hace gracia el asunto?

—No. Perdón… —Lía agachó la cabeza en señal de sumisión.

—Será mejor que vayamos a la base y comencemos a investigar —intervino Chrys en tono conciliador—. Tenemos que hacer una lista de posibles sospechosos y seguir a partir de ahí. No nos queda otra opción.

—Chrystopher tiene razón. —Roderick asintió conforme. Solo ella lo llamaba por su nombre completo—. Dormid unas pocas horas e id a mi despacho. Y tú —miró a Faustus, que dio un leve respingo al sentir los ojos de la mujer—, te vienes con nosotras. Más te vale cooperar.

El nigromante asintió con un gesto nervioso. Todos habían escuchado la amenaza implícita en la orden de Roderick.

En cuanto las dos mujeres y el joven se marcharon, Lía se sentó en el sofá y hundió el rostro entre las manos. No era una chica dada a mostrar sus sentimientos, pero las últimas horas le habían pasado factura. Sentía el corazón acelerado y el punzante dolor de la muñeca. Sobre ella pendía una guillotina con una cuenta atrás. Si no encontraban al creador de la maldición y la rompían, estaba acabada.

—¿Cómo te encuentras? —Lía sintió cómo el sofá se hundía a su lado cuando Chrys se sentó. Su amigo apoyó una mano en su hombro y ella se atrevió a mirarlo.

—Como si me hubieran echado encima una maldición mortal —bromeó. Sus labios titubearon al dibujar una sonrisa.

—Ya verás cómo lo solucionamos. Y mira el lado positivo.

—¿Acaso existe? —preguntó ella mientras alzaba una ceja.

—Sí. Ahora tienes otro compañero de trabajo que es todo un bombón —sentenció Chrys con solemnidad.

Las carcajadas resonaron en todo el apartamento.

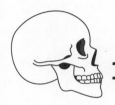 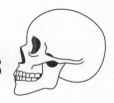

12. FAUSTUS

Investigaciones y confesiones

En cuanto salieron del apartamento, Roderick vendó los ojos a Faustus. El nigromante sabía que la base de Mementos estaba cerca, pero nadie en el mundo sobrenatural, aparte de los miembros de la organización, conocía el lugar exacto ni cómo entrar.

Le sorprendió que el trayecto durase menos de media hora. Era consciente de que habían dado un rodeo para desorientarlo, por lo que suspiró aliviado cuando se detuvieron y lo metieron en un ascensor. Estaba agotado y dio por sentado que aún tendría que esperar antes de poder descansar.

Cuando al fin le quitaron la venda, estaba en un modesto habitáculo. Contaba con una mesa central con cuatro sillas a su alrededor, un sofá y tres puertas. Una daba a una habitación individual, otra a un baño bien acondicionado y la otra era la única salida de su nueva celda.

—Si vas a colaborar con nosotros, queremos que estés lo más a gusto posible. Una celda normal y corriente no sería… apropiada para realizar una investigación —determinó Marta, la bruja.

—No creo que sea necesario explicarte lo que pasará si intentas escapar o atacar a alguien —añadió Roderick. Faustus tragó saliva; la presencia de la dragona le hacía querer salir corriendo. Le confiscó el móvil y la cartera, pero le permitió quedarse con el colgante—. Puedes liberar a tus fantasmas en la habitación, pero nada de movimientos sospechosos.

—Te traeré algo de cenar y mañana empezarás a trabajar con Lía —terminó Marta antes de salir de la habitación seguida de la otra mujer. El sonido de la cerradura magnética al cerrarse fue suficiente despedida.

Faustus se sentó en el sofá y contempló su prisión. Había conocido hoteles con habitaciones más cutres, aunque la sensación de encierro era agobiante. No había ningún elemento decorativo. Todo tenía una imagen impersonal, aséptica.

Marta regresó minutos más tarde con una bandeja. El silencio en la habitación era tenso, y ambos sabían el motivo. Sus magias eran dos polos opuestos, por lo que algo dentro de ellos los obligaba a verse como enemigos. Cuando se marchó, el nigromante se acercó a la mesa y contempló el contenido. Había un plato con algo parecido a crema de verduras, un muslo de pollo al horno y una botella de agua.

—Al menos no van a matarme de hambre —murmuró abatido mientras se sentaba y comía con desgana.

Encontró un pantalón de chándal y una camiseta básica en el armario de la habitación. Le quedaban grandes, pero necesitaba quitarse la ropa llena de suciedad y restos de sangre. El agua caliente de la ducha fue un alivio. Sonrió levemente al pensar en los lujos de su celda.

Mementos sí que sabía cuidar a sus *huéspedes* vip.

La cama tenía un colchón blando y unas sábanas que olían a hospital. Sin embargo, Faustus no tardó en caer dormido. Cuando lo despertaron unos golpes en la puerta, se enderezó desorientado.

Miró en dirección a la entrada al escuchar a alguien abrir la cerradura y se estiró perezosamente. Resopló cuando Draculia dejó una bandeja en la mesa y lo miró con reprobación.

—¿Todavía estabas durmiendo? —bufó la chica.

—No tengo despertador. Y no sabía cuándo ibas a llegar —respondió él con desprecio.

—Será mejor que te adecentes un poco. No tenemos todo el tiempo del mundo —dijo antes de marcharse con la bandeja de la cena.

Faustus aprovechó el momento de soledad para ir al baño y lavarse la cara. Aunque había dormido toda la noche, algo que hacía días que no conseguía, todavía sentía los estragos de la jornada anterior.

Una vez más despejado, se sentó ante el desayuno mientras su nueva compañera regresaba. Le había traído unas tostadas con mermelada de fresa y una taza de café. A su lado había una jarra con leche, que apartó arrugando la nariz. Odiaba el olor que desprendía el líquido, más intenso cuanto más caliente estaba la bebida.

Cuando Draculia entró en la habitación, el nigromante ya había dado cuenta de la comida. En cuanto apartó la bandeja, la híbrida se sentó enfrente de él y apoyó una carpeta marrón entre ambos.

—De momento, esto es lo que hemos podido reunir. Chrys sigue buscando información sobre el brazalete —comenzó mientras sacaba varias hojas de la carpeta—. Existen muchas criaturas relacionadas con serpientes, pero hemos reducido la búsqueda a aquellas capaces de realizar una maldición de este calibre.

—¿Y?

—Pues tenemos a Medusa, la famosa mujer con cabellos de

79

serpiente que petrifica a sus víctimas. —Lía sacó una imagen de la criatura y la colocó en la mesa antes de buscar la siguiente—. Otra opción es Apofis, la encarnación egipcia del caos. También está Quetzalcóatl, la deidad mesoamericana con forma de serpiente emplumada. Y nuestro cuarto sospechoso es Azi Dahaka, un demonio de la mitología persa.

—¿Solo esos? —preguntó Faustus con desdén.

—Chrys aún está investigando. No es tan sencillo, ¿sabes? —Draculia se recostó en su silla y lo miró fijamente—. ¿Qué pretendías hacer con la maldición?

—¿Importa? —dijo el nigromante en voz baja. Si no podía hacerse con ella, no conseguiría traer a Yussu de vuelta. Apretó la mandíbula con rabia.

—Acuérdate del pacto. Tú no me matas y yo te ayudo. Pero es muy difícil si no sé qué buscas exactamente —replicó ella.

—Draculia, ¿verdad?

—Lía, mejor.

—De acuerdo, Lía —escupió con desdén—. Si tuvieras toda la eternidad por delante y mataran a la persona que más amas, que también es inmortal, ¿no harías todo lo posible por traerla de vuelta?

—No lo sé —respondió Lía mientras apartaba la mirada—. Me cuesta entender la idea de «toda la eternidad».

—Ahí lo tienes. Los mortales no podéis comprender el verdadero miedo a la soledad —masculló Faustus. Toda la rabia que llevaba acumulando días se desbordó—. Yo era feliz. Tenía una persona a la que amaba. Y me lo arrebataron todo. ¿Sabes lo que es eso? —gritó.

—Sí. Lo sé.

El tono de la chica fue tajante. Faustus se permitió mirarla de verdad por primera vez. Los ojos de Lía mostraban comprensión y dolor, un reflejo de lo que él mismo sentía.

Se escuchó un clic en la puerta y entró Chrys, lo que rompió toda la tensión del ambiente.

—Perdonad la interrupción —se disculpó al ver las expresiones de los dos jóvenes—. Roderick quiere que vayas a su despacho.

—De acuerdo. —Lía se levantó y cogió la bandeja del desayuno. Señaló con la barbilla los documentos esparcidos en la mesa—. Seguid pensando. Regresaré lo antes posible.

En cuanto la chica desapareció por la puerta, Chrys miró al nigromante con gesto incómodo. Se quedó de pie en la entrada, sin decidirse a tomar asiento.

—¿Quieres… otro café? Yo necesito uno —admitió.

—Vale.

—¿Solo o con leche?

—Solo —respondió Faustus de manera tajante.

El otro asintió con nerviosismo y salió por la puerta, cuyo cerrojo pitó al cerrarse. El nigromante suspiró agobiado y cogió uno de los documentos. Era la ficha de Azi Dahaka, el demonio persa. Según la información, era una criatura que solía tener forma de dragón con tres cabezas, dos de serpiente y una humana, y que controlaba las tempestades y traía consigo enfermedades.

Alzó la cabeza cuando Chrys regresó. El muchacho al fin se sentó y dejó dos tazas humeantes junto a los documentos. Cogió uno de los papeles y fingió leerlo para evitar la mirada de Faustus.

—¿Has encontrado más sospechosos? —Chrys dio un pequeño brinco cuando el nigromante habló.

—Aún no. He preparado un programa de rastreo. A-Ahora mismo está recorriendo todos los archivos de Mementos e-en busca de criaturas poderosas y relacionadas con serpientes y maldiciones —consiguió responder entre tartamudeos.

Faustus analizó su aura. Saboreó la esencia de la naturaleza, el aroma de las flores y la magia pura. Le sorprendió encontrar también un destello de tinieblas, como los ecos presentes en los cementerios.

—Tienes sangre de hada —afirmó.

—¿Y eso qué importa? —Chrys alzó la mirada y lo desafió a responder.

—Si voy a colaborar con vosotros, quiero saber con quién trabajo. —Faustus se encogió de hombros, indiferente—. ¿Por qué estás nervioso? ¿Me tienes miedo?

—¿A ti?

El nigromante sonrió al notar la tensión en la voz de Chrys. Con un gesto rápido, movió la muñeca y ordenó al novato que se acercara a su acompañante. El fantasma se despegó de su tobillo y tomó forma al lado de Chrys, que notó su presencia cuando el niño ya estaba a dos palmos de él.

La sonrisa de Faustus desapareció cuando el hada alzó una mano. El novato se convirtió en una voluta y se posó en su palma, obediente. El nigromante chasqueó la lengua y el fantasma regresó a su piel, aunque notó cierta reticencia.

—¿Qué eres, Chrystopher?

—Hagámoslo más divertido. Y prefiero que me llamen Chrys —replicó el otro—. Tú me dices tres palabras y yo intento adivinar quién es tu padrino. A cambio, yo haré lo mismo sobre mi… identidad.

—¿Por qué quieres saber quién es mi padrino?

—Tú mismo lo has dicho. Si vamos a colaborar, quiero saber con quién trabajo. —Chrys repitió las mismas palabras del nigromante con una sonrisa de absoluta arrogancia feérica.

Faustus resopló. Estaba ahí en calidad de prisionero, no de amigo. No les debía nada y tampoco buscaba ayuda. Aun así, algo en el chico que tenía enfrente le llamaba la atención.

—Como quieras —accedió mientras fingía estar aburrido—. Nueva Orleans. Vudú. Muerte.

—Nueva Orleans son dos palabras —replicó Chrys.

—Es un nombre propio. Cuenta como una.

—Te lo compro. —Chrys le guiñó un ojo en un gesto divertido—. Diría Marie Laveau, pero su fantasma no es tan fuerte para dar poder —continuó tras meditar unos segundos—. ¿El barón Samedi? —Fuastus negó con la cabeza—. ¿Papa Legba?

—Bingo —afirmó, arrastrando la última vocal—. Te toca.

—Caballo. Decapitación. Muerte.

Al nigromante le sorprendió que coincidieran en una misma palabra.

—Tienes sangre de *dullahan* —afirmó sin lugar a dudas.

—Por parte de madre. Mi padre era humano —susurró apesadumbrado.

—Y tu parte feérica te hace inmortal, no como él —adivinó Faustus. Chrys asintió con la cabeza.

—Fue duro verlo envejecer mientras yo no pasaba de la veintena. Estuvimos juntos hasta el final. —Se le rompió la voz por la emoción.

—¿Y nunca has pensado en revivirlo?

—No. A él no le gustaría. —Chrys alzó la vista y miró a Faustus—. Eso es lo que buscas, ¿no? Traer de vuelta a un ser querido. ¿Realmente crees que le gustaría? ¿Acaso ella lo haría en tu lugar?

—Él —escupió Faustus mientras apartaba el rostro. Sintió la bilis en la garganta al pensar en Chrys como un hada. Los malditos seres feéricos, tan antiguos como la magia misma, siempre se escudaban en las tradiciones y despreciaban a los que, como Yussu y él, no seguían los patrones establecidos por la sociedad—. Era… Es mi novio. Y le voy a recuperar.

Miró desafiante a Chrys, pero lo sorprendió ver la expresión de pena que tenía. No había desprecio o asco en ella. Faustus carraspeó, incómodo. Cogió su taza de café, ya frío, y se lo bebió entero.

—Siento haberte molestado. —Chrys se levantó y se dirigió a la puerta.

—¡Espera! —Faustus también se incorporó. Algo dentro de él le había empujado a detener al joven. Su expresión de pena lo había hecho sentir… raro—. ¿Cómo te llamas?

—Chrystopher O'Neal. Chrys —respondió el otro. Su cara era una mezcla de confusión y desconfianza.

—No. Tu nombre feérico.

—Los nombres son poderosos, ¿sabes? —respondió Chrys con una media sonrisa en los labios—. Crystuliane Dulla Corvin.

—Es un placer, Crystuliane Dulla Corvin.

—Igualmente —contestó con un guiño travieso que descolocó a Faustus.

Cuando el *dullahan* cerró la puerta, Faustus se sentó en

el sofá. Las palabras de Chrys le habían removido algo en su interior. Sabía que Yussu no querría regresar, pero el nigromante no quería verse solo por el resto de su eterna vida. Le vino a la mente la idea de hacerse amigo de Chrys para tener a alguien en quien confiar, pero sacudió la cabeza para borrar la imagen.

Iba a resucitar a Yussu, fuera como fuese.

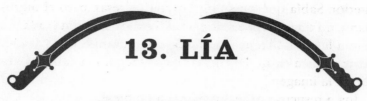

13. LÍA

Un adivino multiusos

La puerta del despacho estaba cerrada, pero podía oír una conversación al otro lado. Roderick aún no había terminado de echarle la bronca, de ahí que dudase a la hora de llamar y entrar.

Lía se dio dos suaves palmadas en las mejillas y se enderezó. Era una mujer fuerte y decidida, no debía tener miedo. Llamó con dos golpes suaves antes de abrir la puerta y enfrentarse a Roderick, que se había callado al oírla llegar. Marta, a su lado, sonrió cariñosamente a Lía, pero su rostro destilaba compasión ante la posibilidad de un fusilamiento rápido.

—¿Alguna novedad? —abordó su mentora sin saludarla siquiera.

—Chrys está con Faustus revisando los documentos que hemos encontrado. Pero aún no tenemos nada seguro —respondió con tono profesional.

—De acuerdo, seguid así. Marta cree que, para agilizar la búsqueda, deberíamos averiguar primero la naturaleza del creador. Aunque no conozcamos su identidad, la maldición puede contener alguna pista. Ya sabes a quién has de acudir —sentenció Roderick.

—La última vez me amenazó con un cuchillo bañado en agua bendita —replicó Lía. Por supuesto que sabía de quién estaba hablando.

—Porque tú apareciste en su local perseguida por dos demonios sanguinarios que querían matarte. Yo también te cogería manía —añadió Marta. Su risa, musical y suave, ayudó a deshacer la tensión de la sala.

—Lo importante es que lo convenzas para que te ayude. Si descubrimos qué tipo de criatura creó la maldición, podremos acotar la búsqueda. Ya puedes marcharte —la despidió Roderick.

Lía asintió con la cabeza y salió del despacho. Sabía que las dos mujeres tenían razón, pero habría dado cualquier cosa por no tener que ir a ver a ese impresentable. La recorrió un escalofrío solo de pensarlo. Necesitaba librarse de la maldición, así que no podía posponerlo. Cuanto antes se lo quitara de encima, mejor.

En la carrera de San Jerónimo, una de las calles que se cruzaban en la Puerta del Sol, existía un maravilloso Dunkin' Coffee. Lía dio un mordisco a un dónut de Oreo y, mientras saboreaba la dulce crema, cerró los ojos un segundo.

Justo enfrente de ella, sobre un portal destartalado, había un cartel negro que rezaba «Heram Mobius, adivino». Lía tragó el trozo de dónut, releyó el nombre y puso los ojos en blanco.

«Seguro que no adivina quién va a hacerle una visita.»

La chica empujó la puerta del portal, que cedió sin protestar. La cerradura llevaba rota mucho tiempo, pero solo unos pocos lo sabían. Lía era una de ellos, de ahí que hubiera decidido huir en esa dirección cuando dos demonios *abyss* la perseguían. Lo que no esperaba era que ellos se lanzasen contra el portal sin miramientos y le fastidiaran el escondite.

Gracias a la *colaboración* de Heram, que los había derretido con un pulverizador de agua bendita, Lía había conseguido salvarse. Pero no antes de que las dos criaturas destrozaran gran parte del local donde vivía y trabajaba el adivino.

A diferencia de las sirenas, que eran entes mitológicos relativamente amables, los demonios *abyss* tenían una mente muy retorcida. Usando su melodiosa voz, atraían a sus víctimas a cualquier masa de agua y, cuando estas se acercaban, las ahogaban. Lía había investigado la desaparición de cinco jóvenes cerca del lago del Retiro. El resultado terminó con dos criaturas con escamas y garras corriendo detrás de ella por medio Madrid.

Cuando llegó a la tercera planta, se detuvo ante una puerta de madera clara. Lía sabía que estaba hecha de serbal, un árbol que servía de protección frente a espíritus malignos. Su superficie estaba cubierta de diseños arabescos a simple vista decorativos, pero la joven reconoció varios símbolos protectores escondidos entre las florituras.

Llamó dos veces al timbre y esperó, nerviosa. Cuando la puerta se abrió un poco y el rostro afilado de un joven atractivo apareció por la rendija, colocó con rapidez un pie para que su anfitrión no cerrara.

—Heram, cuánto tiempo sin vernos. ¿Qué tal estás? —saludó con una sonrisa lo más inocente posible.

—Lárgate, demonio. No quiero problemas —escupió el adivino con desprecio.

—Por favor, Heram. Es urgente. Te prometo que me iré si me ayudas —suplicó ella—. Es algo muy grave.

—La última vez que viniste, tuve que remodelar todo el piso —replicó Heram, pero su voz ya no sonaba tan agresiva. Con un suspiro, terminó de abrir la puerta—. Que sea rápido.

El apartamento de Heram era bastante moderno. No tenía nada que ver con la típica imagen que tenía la gente de los adivinos. Donde debería haber estanterías llenas de velas, libros y toda clase de decoración esotérica, el salón de Heram tenía cuadros modernos, dos lámparas de pie bastante altas que dotaban de luz la estancia y alfombras de terciopelo que pedían ser abrazadas.

Dejaron atrás el salón y pasaron de largo varias puertas, que seguramente ocultaban la cocina, el baño y la habitación del adivino, y entraron al despacho. Heram tenía un escritorio de cristal con retoques plateados que dejaban clara su comodidad económica. En una estantería había varios libros de novela policíaca y carpetas llenas de documentos. Por último, un enorme ordenador de última generación completaba la escena.

Lía miró de reojo a Heram. El chico tenía veintiocho años recién cumplidos y muy bien llevados. Su pelo negro y corto acompañaba a unas facciones muy masculinas. Su mandíbula era ancha y fuerte, resaltada por una barba de pocos días. Si Lía no conociera las dotes de su anfitrión, habría dicho que era un abogado de prestigio recién licenciado. Sus ojos recorrieron la espalda de Heram, fuerte y estilizada, y descendieron hasta los pantalones chinos perfectamente ajustados.

—Deja de mirarme el culo —resopló él sin volverse—. Te ofrecería algo de beber, pero prefiero que te marches lo antes posible —soltó mientras tomaba asiento detrás del escritorio.

—Tranquilo, seré rápida —respondió ella mientras se dejaba caer en la silla libre y fingía que sus mejillas no se habían sonrojado. Apoyó la muñeca con el brazalete en la mesa y esperó a que los ojos de él se fijaran en el accesorio—. Vengo por esto. He sido la afortunada ganadora de una maldición mortal, y necesito saber qué clase de criatura la puso aquí dentro.

—Le daría las gracias al karma, pero tampoco te odio tanto —comentó Heram con una sonrisa ladeada. Acercó una mano al brazalete, pero se detuvo a pocos centímetros de él.

—Puedes tocarlo. La maldición está en mí.

—¿Dónde lo has encontrado?

—Me infiltré en una subasta ilegal. Su magia había hecho saltar los radares de Mementos. Había más interesados en hacerse con él, así que terminé en mitad de una pelea y lo cogí con la mano. Y ahora estoy maldita y no quiere soltarse

—relató Lía. Prefería usar un tono divertido para ocultar lo asustada que estaba.

—Y quieres saber quién lo ha hecho, ¿no? —Lía asintió y él extendió ambas manos sobre la mesa. En cuanto sus dedos se entrelazaron, Heram cerró los ojos—. Ya sabes cómo funciona esto. Déjame entrar y trata de tranquilizarte.

Lía cogió aire y lo soltó con cuidado. Confiaba en el adivino, a pesar de su tambaleante relación. Heram era humano, pero contaba con unos poderes mentales excepcionales y con muchísimos contactos en la sociedad sobrenatural. La gente acudía a él con toda clase de problemas para buscar un consejo. Podía decirte dónde estaban tus llaves, qué hacer con ese *poltergeist* que habitaba el cajón de los calzoncillos o a quién acudir para librarte de una plaga de *memys*, demonios menores que se alimentaban de pensamientos y provocaban esas incómodas lagunas mentales sobre por qué habías ido a la cocina.

Una campanilla inundó su mente y la avisó de la entrada de Heram. Lía trató de dejarle vía libre, aunque apartó cualquier recuerdo comprometido. Como el recuerdo de su culo apenas un minuto antes. El adivino se rio en voz baja, consciente de la maniobra de la chica, pero siguió avanzando. Era una sensación extraña. La presencia de Heram en su cabeza no era dolorosa, pero sí realmente incómoda. Se asemejaba a tener una mosca dentro del cerebro, revoloteando y posándose en todos lados.

Estuvieron así más o menos diez minutos. Cuando Heram abandonó su mente, Lía se permitió soltar un suspiro de alivio. Notaba la frente perlada de sudor por el esfuerzo de no enfrentarse al intruso mental.

—Estás bien jodida. —Las palabras de Heram le arrancaron una carcajada amarga—. Aunque tengo buenas noticias. La maldición es de origen demoníaco, definitivamente. Y su creador tiene pinta de ser muy poderoso. ¿Ves esa línea negra? —Lía miró la marca oscura que bordeaba ya toda su muñeca, como una pulsera pegada a la piel—. Pronto saldrá de ella otra línea que subirá por el brazo. Cuando llegue al corazón, se acabó.

—Tú sí que sabes poner nerviosa a una chica —se burló ella, aunque la tensión era palpable en su voz—. ¿Cuánto tiempo tengo?

—No lo sé. ¿Una semana? ¿Dos quizá? —Heram se reclinó en su silla. Sus ojos mostraban preocupación por la joven—. Espero que encuentres pronto a ese demonio.

—Yo también lo espero. —Lía se levantó y abrió la puerta del despacho—. Envía la factura al sitio de siempre.

—Es un placer hacer negocios con Mementos —respondió él con un guiño—. Por cierto, aún me debes una indemnización por destruir mi apartamento.

—Te pagamos toda la remodelación. ¿Qué más quieres? —resopló Lía.

—Muchas de las cosas que perdí tenían un valor sentimental. Eso no se puede pagar con dinero. —Heram se reclinó en la silla y se acarició la barbilla exagerando un gesto pensativo—. Quizá... ¿una cena?

—Por los dioses. —Lía soltó una risotada ante el ofrecimiento mal disimulado de una cita. Salió del despacho y, antes de llegar a la puerta del apartamento, dijo en voz alta—: Sigue soñando, adivino.

Cuando salió del portal, sin embargo, aún no había sido capaz de tranquilizar a su corazón acelerado.

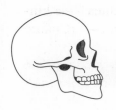 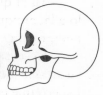

14. FAUSTUS

Sellos mágicos con fecha de caducidad

Después de que un trabajador le trajera la comida, Faustus se tumbó en el sofá con las fichas de los sospechosos. Algo le decía que iban por el camino equivocado, pero no sabía explicar por qué.

Miró la ficha de Medusa. La gorgona era una pista muy endeble. Sí, tenía relación con las serpientes, pero era famosa por petrificar a la gente, no por crear maldiciones. Apofis, la encarnación egipcia del caos, tampoco lo convencía. Quetzalcóatl era una deidad protectora y asociada a la vida, así que era imposible que tuviera relación con la maldición.

El único sospechoso que encajaba bien en lo que buscaban era Azi Dahaka, el demonio que traía enfermedades. Pero seguía sin convencerlo. Algo se les estaba escapando y Faustus se sentía desesperado. No le hacía gracia colaborar con Lía, a pesar de estar obligado a ello. Se consoló pensando que, si encontraban al culpable, podría obligarlo a crear otra maldición y resucitar con ella a Yussu.

La puerta se abrió y el nigromante contempló cómo sus dos compañeros entraban discutiendo.

—Te digo que es imposible. Ya lo hemos hablado —gruñó Lía.

—Y yo te digo que es una opción. Por algo lo llamaron así, ¿no crees? —replicó Chrys. Cerró la puerta con un pie mientras sostenía una bandeja con tres tazas.

—Pasad, no os cortéis. Como si estuvierais en vuestra propia casa —saludó Faustus con desdén—. ¿El qué es imposible?

—Chrys dice que, como el maestro de ceremonias llamó al brazalete «de Ofiuco», deberíamos considerarlo sospechoso —contestó Lía. Se notaba la sorna en su tono.

—Pero Ofiuco no existe.

—¡Exacto! —exclamó ella.

—¿Y vosotros qué sabéis? —se defendió el *dullahan*—. No sería la primera vez que una invención cobra vida gracias a la mente colectiva. ¿Os recuerdo el caso de Bloody Mary? El espectro surgió años después de hacerse famoso.

—Pero no es lo mismo. A la gente le da igual el decimotercer signo del Zodíaco. Incluso lo ignoran para no tener que modificar las fechas que abarca cada signo —replicó Lía.

—Eso no lo sabes. Y te recuerdo que llevo vivo mucho más tiempo que tú. Conozco mejor cómo funciona el mundo sobrenatural —aseguró Chrys.

—Yo también soy inmortal, puede que incluso mayor que tú, y nunca he oído hablar de Ofiuco —intervino Faustus.

—¿Ah, sí? ¿Cuántos años tienes?

—Tengo noventa y ocho —respondió mientras alzaba el mentón con orgullo.

—Qué mono. —El tono de Chrys le recordó a una madre al ver cómo su hija pequeña se ponía pintalabios por primera vez—. Yo, ciento veinticinco. Aún eres un crío.

—¿Y eso dónde me deja a mí? Tengo cien menos que tú —se mofó Lía.

—Tú juegas en otra liga.

—¿Ahora hablamos de edad o de otra cosa? —Lía y Chrys se miraron antes de soltar una carcajada.

El nigromante, incapaz de seguir el hilo de la conversación, carraspeó para llamar la atención de los otros dos.

—¿Sabemos algo más sobre la maldición?

—Es de origen demoníaco. Y de alguien muy poderoso —respondió Lía mientras se sentaba y cogía una de las tazas de la bandeja—. Así que, de momento, la mejor opción es Azi Dahaka.

—¿Qué sabemos de él?

—He realizado un rastreo de sus últimas actividades. —Chrys se sentó al lado de Lía, sacó su móvil y comenzó a leer—. Hijo de Ahriman, el Gran Mal, y la demonio Autak, fue creado para destruir la fe de las personas y, según algunos textos, para acabar con el primer ser humano, Yima. Es un poderoso demonio asociado a los Bushyansta, los demonios de la pereza. —Lenvantó la vista de la pantalla—. Se supone que no puede ser derrotado, por lo que vive eternamente confinado hasta el día del juicio final.

—¿Última aparición en la Tierra? —preguntó Lía.

—Fue enviado de vuelta a la dimensión demoníaca en el siglo XIV, tras la peste negra, y en España hizo acto de presencia durante la gripe española de 1918. Ambas veces fue cazado y sellado.

—Cinco siglos entre ambas fechas. Es imposible que el sello haya caducado en los últimos años —dijo Faustus.

Los demonios eran criaturas de otra dimensión. Muchos de ellos, los más poderosos, necesitaban recipientes humanos para poder quedarse en la Tierra. Otros, más pequeños, podían habitar objetos o simplemente existir durante un tiempo antes de regresar a su dimensión.

Cuando un demonio era cazado o su recipiente moría, era enviado de vuelta. Sin embargo, los agentes de Mementos los sellaban durante un tiempo con un hechizo. Cuando la magia que lo mantenía activo se terminaba, el demonio podía volver a la Tierra y buscar a un nuevo anfitrión humano.

Si Azi Dahaka había sido sellado en 1918, era imposible que hubiera regresado con tan poco tiempo de diferencia. Aun así, existía una posibilidad.

—¿Y si enterró el objeto antes de regresar a su dimensión? —propuso Faustus.

—Es una opción. En ese caso, ¿cómo contactaríamos con él? —Lía miró a Chrys, que suspiró.

—No podríamos. Si el sello sigue activo, Azi Dahaka estará en la prisión mágica entre dimensiones. Muy pocos tienen información sobre ese lugar. Y nosotros no estamos en ese grupo —recalcó.

—Pedidle a Roderick que os deje pasar para hablar con el demonio y ya está, ¿no? —Faustus se encogió de hombros. No veía el problema.

—Esa es la cuestión. Roderick nunca lo permitiría. El problema no es ir, sino sobrevivir —respondió Chrys—. Piensa que es una prisión mágica entre dimensiones. Hay demonios que llevan allí siglos. Si, justo cuando llegamos, un sello caduca y uno de sus moradores queda libre, estaríamos muertos casi al momento.

—Es verdad. No estamos hablando de entes normales. Hablamos de demonios con cuerpo físico cuyos poderes rozan lo divino —convino Lía en voz baja—. Ir allí es un suicidio.

—Eso es —asintió Chrys, conforme.

—Pero es nuestra única opción —terminó ella.

—¡¿Qué?! ¿No has oído lo que acabo de decir? —exclamó el *dullahan*.

—Perfectamente. Pero, si no vamos y hablamos con Azi Dahaka, moriré igualmente. No nos queda otra, ya que no podremos invocarlo si el sello sigue activo —replicó Lía.

—Si nos colamos allí sabiendo dónde se encuentra, podríamos ir y volver antes de que ningún demonio se liberara. Y con mis fantasmas puedo ocultar casi del todo nuestra presencia —ofreció Faustus.

—Ese *casi* no me sirve —bufó Chrys—. Por favor, sed coherentes. Es un suicidio. No tenemos ni idea sobre cómo acceder. Necesitaríamos saber a ciencia cierta dónde está sellado, un plano de la prisión y alguien capaz de crear un portal.

—Alguien como un hada, ¿no? —Los ojos de Lía se posaron en el *dullahan*, suplicantes—. Tenemos que hacerlo, Chrys. Por favor.

—¿Y si no vuelves? —La voz del *dullahan* sonó asustada.

—Volveré. *Volveremos* —corrigió cuando el nigromante carraspeó desde el sofá—. Todo saldrá bien y dejaré que Faustus te haga un *striptease* privado en casa.

—¿Qué? —preguntaron los dos chicos a la vez.

—Si realmente ese demonio es el causante de esta maldición, no existe otra forma de romperla. Lo sabes perfectamente —continuó Lía, que los ignoró.

Faustus ya se había dado cuenta de las miradas furtivas de Chrys, pero había decidido ignorarlas. Su objetivo era recuperar a Yussu y regresar a su antigua vida. De nada servía alimentar los sentimientos del *dullahan* cuando lo único que podía ofrecerle era amistad.

Aun así, pensar en la broma de Lía hizo que se sonrojara levemente. Observó a Chrys, que en ese momento se revolvía nervioso en su silla y miraba en todas direcciones menos a él. Su apariencia juvenil era atractiva, no podía negarlo, y su esencia cercana a la muerte le daba un toque entrañablemente familiar. Sacudió la cabeza para apartar la imagen de su mente y se centró en la conversación.

—Roderick me matará cuando se entere —acertó a decir Chrys tras unos segundos.

—Le diré que te amenacé o algo. Y no tiene por qué enterarse si el plan sale bien. ¿A que sí? —preguntó Lía, con la vista puesta en Faustus.

—Prefiero eso a seguir aquí encerrado.

—Perfecto. —Lía sonrió emocionada—. ¿Cuándo nos vamos?

15. LÍA

Huellas del pasado

Durante los tres días siguientes, Chrys se dedicó a recabar información sobre la prisión mágica entre dimensiones. Lía seguía acudiendo a la celda de Faustus y hablaban sobre el plan, pero debían tener cuidado. Roderick esperaba resultados y no podían perder más tiempo.

Al cuarto día, la mujer llamó a Lía y esta acudió a su despacho.

—¿Qué tenemos hasta el momento? —preguntó Roderick. Su rostro mostraba un agotamiento nada común en ella.

—Apenas tenemos sospechosos. Según Heram, la maldición es de origen demoníaco, pero todas las pistas que estamos siguiendo terminan en callejones sin salida —respondió Lía. Su única opción, Azi Dahaka, debía seguir en el anonimato.

—Yo también tenía mi propia lista, pero no he sacado nada en claro. He estado en contacto con el director de Mementos en Islandia. Jörmundgander queda descartada como creadora de la maldición; la tienen bien vigilada. En las divisiones de Alemania, Perú y Gran Bretaña tampoco saben nada. Y sigo esperando noticias de las bases de Los Ángeles y Nueva York, de los Estados Unidos. —Roderick apoyó los codos en la mesa y hundió su rostro entre las manos antes de continuar—. También he hablado con una... antigua amiga. Bai Suzhen no sabe de ningún demonio relacionado con serpientes y que haya estado por Europa en los últimos siglos.

—¿Bai Suzhen? ¿La Serpiente Blanca? —Lía abrió mucho los ojos, incrédula—. ¿Sois amigas?

—¿Tanto te sorprende? —Roderick la miró indignada—. También tengo vida personal.

—No me refiero a eso —se apresuró a explicar—. Es solo que... ¿Bai Suzhen? Es una leyenda viva. De pequeña, mi padre me contó su historia.

—La Serpiente Blanca que se enamoró de un humano —murmuró Roderick con cierta ensoñación en la voz—. En esa época, las cosas eran muy distintas.

—Nunca me has hablado de tu pasado. —Lía titubeó. Su mentora la había acogido tras la muerte de sus padres, pero su relación jamás había sido muy cercana—. Me gustaría...

—Si conseguimos solucionar todo esto —la cortó Roderick—, prometo invitarte a cenar y contarte anécdotas.

—Cómo conociste a mi padre, ¿por ejemplo?

—Por ejemplo —accedió la mujer—. No hay tiempo que perder, Lía. Tú lo sabes mejor que nadie.

Lía se miró la muñeca donde descansaba el brazalete. Tal como había vaticinado Heram, de la circunferencia negra había surgido una línea en forma de flecha que ya había ascendido casi hasta su codo.

La puerta de la celda se abrió cuando Lía pasó su tarjeta identificativa por el lector. Faustus estaba en el sofá con una novela que le había traído Chrys. La amistad entre los dos chicos había surgido rápido, aunque la joven sabía que el interés del *dullahan* iba aún más allá.

Le dolía ver la esperanza en los ojos de Chrys. Desde que Faustus había empezado a colaborar con ellos, su compañero resplandecía, feliz de estar con otro inmortal «joven» y, además, relacionado con la muerte. Ese aspecto, tan simple a ojos de Lía, había hecho que muchas personas se alejasen de Chrys. Conocer a Faustus había supuesto un soplo de aire fresco. Cada dos por tres ideaba formas de hacer más amena la vida en la celda del nigromante. También hablaba de cómo los fantasmas de este le tenían un respeto especial, señal que interpretaba como aprecio por parte de Faustus.

Lía sabía que era una relación imposible. Faustus estaba centrado en recuperar a su novio serpiente. En el caso de que llegara a sentir algo por Chrys, dejaría de hacerlo en cuanto resucitara a Yussu. Todo terminaría con un corazón roto.

—Arréglate, nos vamos de paseo —saludó mientras le tiraba a Faustus unos vaqueros y una chaqueta de cuero—. He pensado que te gustarían.

—Y has acertado con la talla —respondió Faustus al ponerse la chaqueta. Entró corriendo en su habitación. Lía escuchó el sonido de la tela y, unos segundos después, su compañero apareció con los vaqueros puestos—. Estos me quedan un poco grandes.

—Podemos comprar un cinturón. Te voy a sacar de aquí.

—¿Libre? ¿Sin tobilleras rastreadoras ni nada? —La expresión de Faustus mostraba desconfianza.

—Tendrás que volver, pero he pensado que te vendría bien dar un paseo. Estar aquí encerrado no puede ser bueno. Y te necesito al cien por cien cuando nos infiltremos en la prisión.

El leve brillo de ilusión que había aparecido en la mirada de Faustus desapareció al escuchar que debía volver. Con un suspiro, permitió que Lía le vendara los ojos y se dejó llevar por las instalaciones. Cuando ella consideró que estaban lo suficientemente lejos de la salida, le quitó la venda.

Caminaron sin un rumbo fijo. No llevaban juntos ni una semana, pero Lía necesitaba hablar con alguien que no le dijera lo que quería oír. Faustus era serio, borde y sin pelos en la lengua. Justo lo que buscaba.

—¿Qué crees que encontraremos en la prisión? —preguntó mientras el nigromante miraba cinturones en una tienda de ropa.

—Teniendo en cuenta que es un lugar mágico entre dimensiones... No tengo ni idea —respondió a la vez que se probaba uno alrededor del vaquero.

—Es nuestra única opción, ¿no? —La voz de Lía sonaba temblorosa. Faustus debió darse cuenta, pues dejó el cinturón que tenía en la mano y la miró.

—Eso parece. Solo hay que ir con cuidado, ¿vale? Y vigilar que no haya demonios sueltos cerca.

—¿No tienes miedo? ¡Podrían matarnos! —Lia bajó la voz al percatarse de que había hablado muy alto. Un par de personas la miraron y ella se sonrojó. No le gustaba perder la compostura en público.

—Claro que sí. Pero morir es el plan B para estar de nuevo con Yussu.

—Sé que era tu novio y todo eso, pero... ¿vale la pena arriesgarlo todo por él? ¿Qué pensaría si te viera dispuesto incluso a morir?

—Diría que soy un cabrón egoísta —respondió de forma tajante—. Y yo no se lo negaría.

En cuanto eligió un cinturón y salieron de la tienda, volvieron a caminar en silencio. Lía no pudo evitar fijarse en la gente a su alrededor, sobre todo en las parejas. Desde que había sido rescatada por Mementos, su vida se había centrado en entrenar, desarrollar sus habilidades y acabar con los malos.

Había tenido algún que otro encuentro con chicos, pero nunca nada serio. Algo dentro de ella le decía que quería conocer a alguien «normal», que no tuviera nada que ver con el mundo sobrenatural al que pertenecía, igual que le había sucedido a su padre; él había conocido a una mujer humana que lo había ayudado a distanciarse de su lado más oscuro.

Pensó en la proposición que Heram le había hecho días atrás y arrugó el ceño. El adivino estaba bueno y, si era sincera, tenía una personalidad divertida y ligeramente pícara.

Sin embargo, seguía siendo un elemento sobrenatural más en su vida, algo de lo que necesitaba escapar.

—¿Cuál es tu historia, Draculia Rhasil? —La pregunta de Faustus la cogió por sorpresa.

—¿A qué te refieres?

—No creo que nacieras en Mementos. ¿Por qué arriesgas tu vida por ellos? Hay suficientes cazadores en sus filas para que una chica joven tenga que hacer el trabajo sucio —explicó.

—Les debo la vida.

Faustus no respondió, pero sus ojos la miraron con interés y una pizca de respeto.

Su paseo terminó en el parque que rodeaba el templo de Debod, un pequeño edificio del antiguo Egipto. La construcción, formada por dos arcos de piedra y el templo propiamente dicho, tenía un estanque alrededor y un murete donde los turistas se sentaban y desde donde hacían fotos del curioso lugar.

A Lía le gustaba acudir a ese parque y disfrutar del atardecer. Aún quedaban varias horas para la puesta de sol, por lo que compraron un helado en un quiosco cercano y se sentaron en un banco. Lía se fijó en un grupo de jóvenes sentados en el césped enfrente de ellos. Sonrió, pero fue un gesto triste. Ella nunca había experimentado lo que se sentía al tener amigos, aparte de Chrys, o una vida normal.

—Eh, ese tío se ha currado el disfraz —soltó una chica del grupo.

Los ojos de Lía se fijaron en el aludido. Durante un segundo, pensó que se trataba de un artista callejero. En Madrid era común encontrar a personas disfrazadas que mendigaban para poder conseguir algo de dinero. Sin embargo, su sexto sentido le dijo que ese hombre no llevaba un disfraz.

—¿Eso es...? —comenzó Faustus, que también se había fijado.

—Una momia —terminó ella antes de levantarse.

En cuanto se acercó a la criatura, el *glamour* que lo ocultaba desapareció y dejó a la vista su piel enmohecida y las señales claras de descomposición. La momia los miró cuando se acercaron y balbuceó algo ininteligible. Sus ojos, dos cuencas rellenas de una masa deforme y goteante, se movieron entre ambos jóvenes, como si esperaran respuesta.

—Lo siento, no entiendo lo que dices —respondió Lía.

—Déjamelo a mí —dijo Faustus antes de dirigirse a la momia.

Lía contempló anonadada cómo su compañero respondía a la criatura en una lengua silbante y llena de chasquidos. El ser soltó una risotada gorgoteante antes de hablar de nuevo.

—Al parecer, ha venido de visita al templo. Su madre trabajó en él como sirvienta cuando aún estaba en Egipto. Dice que tiene que regresar a una exposición antes del anochecer, que se ha escapado cuando el encargado se echaba la siesta —explicó antes de sonreír por la travesura.

—De acuerdo. ¿Necesita ayuda o algo?

Faustus tradujo la pregunta y la momia negó con la cabeza. Con un gesto de despedida, continuó su camino hacia la entrada del templo con paso tambaleante.

—Nunca pensé que me encontraría a una momia de paseo —admitió Faustus con una sonrisa ladeada.

—Es el pan de cada día en mi trabajo. No todo es cazar demonios y robar objetos peligrosos —explicó Lía mientras regresaban al banco.

—¿Me lo vas a contar o tengo que preguntártelo? —soltó entonces Faustus.

—¿El qué?

—Lo que te pasó para que les debas la vida a los de Mementos.

—No es un recuerdo feliz. —Lía se reclinó en el banco y miró el cielo. Estaban a mediados de abril, pero ya disfrutaban de días cálidos y soleados—. Mi padre era un híbrido de vampiro y mi madre, una humana. Llevábamos una vida bastante normal. No había secretos entre nosotros y éramos... felices. Hasta que tuvimos un accidente.

»Íbamos en coche y un tío se cruzó en mitad de la carretera. Mi padre intentó esquivarlo y chocamos contra una farola. Tanto él como el hombre terminaron ingresados en el hospital. Mi padre estuvo una semana en coma.

Lía se quedó unos segundos en silencio mientras rememoraba las aterradoras imágenes que aún poblaban sus pesadillas.

—Cuando despertó, pensé que todo volvería a la normalidad, pero no fue así. Yo apenas tenía diez años, así que no me di cuenta de los cambios que estaba sufriendo mi padre. Se volvió más agresivo, más distante conmigo y con mi madre. Una noche escuché golpes en la cocina y salí a ver qué pasaba. Encontré a mi padre con un cuchillo ensangrentado en la mano y a mi madre en el suelo, con la garganta abierta y los ojos sin vida.

Las palabras salían solas, como si Lía estuviera en trance. Era capaz de recordar cada detalle de la escena, a pesar de tener una laguna sobre lo que pasó después, cuando llegaron los agentes de Mementos. Aún podía ver los ojos rojos de su padre, inhumanos y desprovistos de cualquier rastro de culpabilidad.

—En cuanto se dio cuenta de mi presencia, atacó. Recibí varios cortes en los brazos al intentar defenderme, pero consiguió clavarme el cuchillo en el estómago. —La chica se levantó un poco la camiseta y le mostró una cicatriz pálida a la derecha del ombligo—. Cuando iba a rematarme, apareció un agente de Mementos y le disparó en la cabeza.

—Lo siento... —murmuró Faustus.

—Fue culpa de un *irae*. Había poseído al hombre que provocó el accidente. Estaba huyendo de Mementos cuando se cruzó delante de nosotros. Y, en el hospital, cambió de anfitrión —explicó Lía con un tono inexpresivo—. Tardaron demasiado en rastrearlo, pero al menos me salvaron.

—Me resulta extraño que un demonio lograse entrar en un híbrido. Los seres sobrenaturales somos más difíciles de controlar.

—Se aprovechó de la conmoción que sufrió durante el accidente —explicó ella.

—Siento haber preguntado... —comenzó Faustus, pero

Lía decidió aprovechar la oportunidad para conocer también a su compañero.

—¿Y tu historia? —preguntó. Faustus clavó sus ojos de pupilas blancas en ella—. ¿Qué ocultas, Faustus Seamus Grimm?

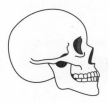 # 16. FAUSTUS

Los envíos al más allá se pagan con sangre

Faustus, que tenía la espalda encorvada, apoyó los codos en las rodillas y posó la cabeza en las manos. Lía le había dado una muestra de confianza al contarle su pasado. Él debería responder con la misma moneda.

—Nací en Nueva Orleans en 1922. Mi madre era una joven cortesana sin dinero y mi padre..., ni idea de quién era. Ya sabrás que los nigromantes surgen cuando, de niños, han vivido una experiencia muy cercana a la muerte. Y no siempre sucede. —Lía asintió y Faustus continuó—. Mi madre murió al darme a luz en un callejón. Ese hecho hizo que pudiera ver fantasmas.

»Alguien me encontró y me llevó a un orfanato, donde estuve hasta los cuatro años. Las monjas que lo llevaban debieron ver algo raro en mí, porque llamaron a un exorcista. Al final, el rumor se extendió y llegó a oídos del que sería mi maestro.

Faustus pensó en el hombre que le había enseñado a controlar su don. Nunca había sabido su nombre. Desde que lo acogió, le dejó claro que iba a enseñarle nigromancia y que debía tratarlo de «maestro».

—Cada poco tiempo cambiábamos de ciudad, siguiendo encargos que le surgían. Me enseñaba en casa y nunca podía salir a la calle. Poco antes de realizar mi ceremonia de consagración, conocí a Lenalee. —Hizo un gesto con la mano y el fantasma apareció a su lado, solo una sombra cerca del banco—. Él la asesinó como regalo de cumpleaños y se convirtió en mi primera compañera.

—¿Todo por ser amigo suyo? —preguntó Lía con asombro.

—Era un cabrón, eso no te lo niego. —Faustus soltó una risotada amarga—. No sé si te lo ha dicho Chrys, pero elegí como padrino a Papa Legba. Al investigar sobre mi lugar de nacimiento, descubrí la historia de Marie Laveau y quise consagrarme a una entidad asociada al vudú.

El nigromante pensó en el juego de tres palabras con Chrys. El *dullahan* había mencionado a la mujer, la famosa Reina del Vudú, nacida en la misma ciudad que él. La leyenda en torno a ella siempre le había fascinado.

—Papa Legba es algo así como un intermediario, ¿no? —Lía lo miraba con verdadera curiosidad—. No es un dios de la muerte. Pensé que los nigromantes solo podíais consagraros a ellos.

—No necesariamente. Mientras tu padrino tenga relación con la muerte, es suficiente —explicó él—. Papa Legba es el protector del mundo espiritual, el que permite o deniega la apertura de portales entre los vivos y los muertos. No es malo por naturaleza, aunque todo el mundo lo pinta como un demonio por estar relacionado con el vudú.

»Cuando realicé la ceremonia de consagración, Papa Legba me demandó un primer sacrificio. No tuve duda alguna de quién sería. Usé a Lenalee, convertida en cuchillo, para cortarle la garganta a mi maestro.

—Dices que no es malo, pero te pidió matar —replicó Lía.

—Soy un nigromante. No me van a pedir regar flores o tirar comida al fuego —se defendió él—. Y no tienen que ser almas puras. Desde la ceremonia, he de enviarle un fantasma al mes como ofrenda. Todos los que le mando son criminales o gente cuya alma no es… inocente.

—Bueno, algo es algo… —murmuró ella, poco convencida.

—Años después conocí a Yussu —dijo Faustus para cambiar de tema—. Había huido de su familia en Delhi porque su padre no le permitía salir con chicos. Según él, sus hijos debían ser «normales» —hizo el gesto de comillas con los dedos— y ayudar en el negocio familiar. Su padre es traficante y tiene contactos por toda la India.

»Yussu se marchó, harto de que nadie lo defendiera. Nos conocimos en una cafetería de South Queensferry. Él trabajaba allí de ayudante. —Faustus sonrió al recordar al naga con su delantal mugriento y la escoba—. Comenzamos a salir, viajamos… Pero la sombra de su padre siempre estaba ahí. —Faustus dejó que su cuerpo resbalase un poco por el banco y alzó la mirada al cielo. Prefería no ver la pena en el rostro de Lía mientras le contaba su historia—. Eran quince hermanos, por lo que la muerte de uno no suponía una gran pérdida, sobre todo si no era el primogénito —apuntó con rabia—. Su padre mandó sicarios detrás de nosotros. Siempre conseguíamos darles esquinazo o acabar con ellos. Pero la última vez lo pillaron solo.

—No es culpa tuya —dijo Lía en voz baja.

—Ya lo sé. Pero no es justo. ¡No molestábamos a nadie! —El nigromante parpadeó para evitar las lágrimas. No quería llorar delante de Lía—. Yo le propuse matar a su padre, pero no me dejó. Siempre decía que no quería ser como él.

—Me habría gustado conocerlo.

—Os habríais llevado bien. Sois igual de cabezotas. —Los dos se rieron, lo que alivió la tensión de la conversación—. Lo encontré en la cafetería donde trabajaba. Estaba todo hecho un asco y él… —Cerró los ojos y trató de apartar la imagen de su cabeza. Miró a Lía y le enseñó el colgante—. Solo me queda esto de él. Y lo necesito para el ritual.

Se quedaron en silencio. Faustus cogió aire y lo soltó. Se dio cuenta de que se sentía más ligero, como si se hubiera quitado un peso de encima. No había hablado sobre Yussu con nadie. Miró de reojo a Lía, que había cerrado los ojos mientras disfrutaba de los últimos rayos de sol.

—Supuse que estaríais aquí. —Una voz familiar los sorprendió desde detrás del banco.

—Y se acabó la paz —sentenció Lía aún con los ojos cerrados.

—Traigo un mensaje de Roderick —avisó Chrys mientras se sentaba al lado de su amiga—. Dice que o volvéis ahora mismo o prepara una celda para ti —recalcó mientras le clavaba un dedo en el hombro a Lía.

—Espera. ¿Hemos salido sin permiso? —preguntó el nigromante con incredulidad.

—Pues claro. ¿Realmente creíste eso de que te dejaban dar un paseo? —se mofó ella—. Por cierto, Chrys, que sepas que Faustus me ha ayudado en un caso. Había una momia perdida por aquí cerca.

—Os vi hablando con ella a través de las cámaras —resopló el *dullahan*—. Será mejor que volvamos.

—¿Podemos hacer una última cosa? —preguntó Faustus—. Tengo que... enviar un alma.

—¿Tiene que ser ahora? —replicó Lía.

—No sé cuánto tiempo voy a seguir prisionero. Y ya casi ha pasado un mes desde la última ofrenda.

—¿De verdad nos estás pidiendo que te dejemos matar a alguien? —Lía lo miró con incredulidad. Faustus sonrió para sus adentros y negó con la cabeza.

—No hace falta. Tengo fantasmas en mi hueste que iban a ser enviados tarde o temprano —explicó para tranquilizarla—. Pero necesito un recipiente con agua.

—Dame un segundo. —Chrys se levantó y se dirigió al quiosco donde habían comprado los helados. Los ojos de Faustus se fijaron en el *dullahan*. La brisa hacía revolotear su cabello moreno. El aire parecía fluctuar ligeramente a su alrededor, respondiendo a su esencia feérica. Apartó la mirada, incómodo, cuando Chrys regresó con una botella grande de agua y una sonrisa deslumbrante en los labios—. ¿Te sirve?

—Tendrá que servir. Creo que es mejor si buscamos un poco de privacidad —respondió azorado.

«Céntrate en lo importante», se reprendió en silencio.

Sus compañeros asintieron y pasearon por el parque en busca de un lugar seguro. Tras un par de vueltas sin encontrar nada, decidieron sentarse entre varios arbustos y que Lía y Chrys taparan las zonas más descubiertas.

Faustus invocó a Lenalee, que se acomodó en su mano en forma de cuchillo. El nigromante vació gran parte del contenido de la botella, la cortó por la mitad y se quedó con la parte inferior. A continuación, se hizo un corte en la mano y cerró el puño. La sangre goteó entre sus dedos y enturbió el agua al caer en ella.

—Oh, buen Legba, escúchame: ábreme la barrera. Papa Legba, ábreme la barrera. Ábreme la barrera para que pueda entrar. Vudú Legba, ábreme la barrera. Daré gracias a los loas cuando vuelva. Ababó —recitó.

Era el canto que se utilizaba al comienzo de cada ceremonia vudú. Repitió la oración en la lengua antigua mientras el agua se tornaba negra.

—¿Qué ha dicho? —escuchó que preguntaba Lía.

—Calla. Está concentrado —replicó Chrys.

Faustus buscó entre sus fantasmas a uno de los sicarios que había matado años atrás. El espíritu se rebeló débilmente, conocedor de su destino. Cuando su sombra resbaló por sus dedos y entró en el agua, el nigromante sintió cómo se rompía el vínculo.

—Ya está —dijo mientras tiraba el agua manchada de sangre al suelo.

—¿A quién has enviado? —preguntó Lía.

—Ya te he contado que a veces acabábamos con los sicarios que enviaba el padre de Yussu. Sus almas son un buen pago y me libro de matar —explicó el nigromante, que se encogió de hombros.

—¿Y cómo sabes hablar lenguas antiguas? Antes también hablaste con la momia.

—Es un nigromante, Lía. Dominan las lenguas muertas —la reprendió Chrys con una colleja antes de guiñarle un ojo a Faustus, que sonrió de medio lado inconscientemente—. Si ya has terminado, será mejor que nos vayamos.

La chica se levantó la primera y estiró los brazos sobre la cabeza mientras soltaba un leve gemido. Cuando Chrys se incorporó, le tendió una mano a Faustus. Este aceptó el gesto con la mano sana y se puso de pie. El *dullahan* tardó unos segundos más de lo normal en soltarlo. Faustus se fijó en los ojos verdes de Chrys, que estaban clavados en él. Estaban tan cerca que podía ver su rostro reflejado en ellos. Con un carraspeo incómodo, su compañero sacó un pañuelo del bolsillo.

—En la base te lo curaré mejor, pero ahora vamos a detener el sangrado.

Faustus contempló cómo Chrys colocaba el pañuelo alrededor de la herida y lo ataba con un nudo. Cuando los ojos de ambos volvieron a encontrarse, tragó saliva. Sentía la conexión entre ellos, aunque se negara a pensar en ella y se centrase en Yussu.

En el fondo, estaban unidos por la muerte.

17. LÍA

Sola ante el peligro

Cenaron en silencio, cada uno perdido en sus pensamientos. La celda de Faustus se había convertido en su sala de reuniones particular, donde se iban acumulando documentos y un ejército de tazas de café, algunas todavía llenas, pero frías.

Roderick no había dicho nada cuando regresaron, pero su mirada fue más que suficiente. Lía no quiso pensar en la reprimenda que podría caerle si su mentora se enteraba de sus planes. Con suerte, entrarían en la prisión mágica y regresarían antes de que saltaran las alarmas.

Dio un trago a su batido de chocolate y suspiró. Estaba agotada física y mentalmente. La línea de su brazo ya había alcanzado el codo y su punta, en forma de flecha, parecía apuntar de forma siniestra a su corazón.

Sacó su móvil al notar una vibración en el bolsillo. Abrió mucho los ojos al ver que era un mensaje de Heram. Aprovechando que sus compañeros estaban distraídos, desbloqueó la pantalla y sonrió al ver que el adivino se preocupaba por ella. Se hizo una foto rápida del brazo y se la envió.

Chrys, que parecía haberse dado cuenta, la interrogó con la mirada, pero Lía solo negó con la cabeza.

—Me estaba preguntando… —la voz de Faustus rompió el silencio de la celda—, se supone que eres una híbrida de vampiro. ¿No necesitas tomar sangre?

Lía se giró hacia Chrys, que puso los ojos en blanco. No era un tema agradable del que hablar, pero entendía perfectamente la duda de su compañero.

—Mi cuerpo puede funcionar con alimentos normales. Sin embargo, solo puedo usar las capacidades vampíricas cuando tomo sangre —explicó—. Ya sabes: visión nocturna, mejores reflejos, sanación… Aunque no te hayas dado cuenta, he tomado sangre delante de ti. Como ahora.

—¿Ahora? —Faustus miró el batido de chocolate y Lía alzó el vaso, como si estuviera brindando—. Entiendo.

—Tenemos suplementos preparados con sangre donada en un hospital cercano. Lía los disuelve en cualquier bebida y listo —añadió Chrys.

—¿Cómo funciona exactamente tu hibridación? Tu padre no era un vampiro completo, ¿no? Por eso pudo tener descendencia con una humana.

Lía asintió con la cabeza antes de responder:

—Las células vampíricas se extienden con el paso de los años hasta alcanzar un equilibrio con la parte humana. Aunque en teoría tengo un octavo de ascendencia de vampiro, siempre seré uno a medias. —Lía dio otro trago a su bebida antes de seguir con la explicación—: Si quisiera convertirme del todo, necesitaría una transfusión completa de sangre vampírica. En ese caso, ya no podría tener hijos porque sería un muerto viviente del todo. —Y no podría estar bajo el sol o tomar alimentos humanos —apuntó Chrys.

—Exacto.

—He de admitir que es interesante —afirmó Faustus—. He conocido a otros híbridos, pero nunca tan cercanos para poder preguntarles. Gracias.

—¿Y no quieres saber cómo es ser medio *dullahan*? —Chrys fingió sentirse indignado.

—Eso lo sé perfectamente. La sangre feérica siempre termina dominando sobre la humana. —Faustus lo desestimó con un gesto de la mano.

—Así que admites que soy el dominante —ronroneó Chrys mientras alzaba una ceja con un gesto sugerente.

Faustus soltó una carcajada divertida, para sorpresa de los otros, que no tardaron en imitarlo. Cuando se calmaron, volvieron a quedarse en silencio. A Lía le gustaba ese juego entre el nigromante y Chrys, aunque la sombra de Yussu seguía oscureciendo la vida de Faustus.

—Estaba pensando… —Los dos chicos se volvieron hacia ella, que aprovechó para recostarse sobre la silla buscando una postura más cómoda—. Vamos a meternos en una prisión mágica para hablar con un demonio, pero ¿realmente él colaborará? ¿Y si nos pide algo a cambio?

—En ese caso, habrá que valorar su oferta y decidir si vale la pena o no —contestó Faustus.

—¿Y si nos pide que rompamos su sello? No podemos liberar a un demonio tan poderoso.

—Pues regateamos.

—Sigue sin gustarme el plan —sentenció Chrys—. Sé que vais a hacerlo de todos modos, y os ayudaré, pero pinta muy mal. No podéis liberar a un demonio, ni tampoco venderle vuestra alma. O lo que tengáis —añadió cuando Faustus fue a hablar—. Si las cosas se tuercen, encontraremos otra manera. Pero no hagáis ninguna locura.

—Cuando te pones así de serio, realmente se nota que tienes más de cien años —soltó Lía antes de fruncir los labios.

—Porque soy viejo, sé cómo se fastidia todo cuando la gente está desesperada —replicó él—. Y vosotros lo estáis.

—Si ese demonio no deshace su maldición, Lía de todos modos morirá. Y yo tendré que buscar otro objeto poderoso y posiblemente inexistente para resucitar a Yussu. Claro que estamos desesperados —respondió Faustus en tono tajante.

—¿Y vas a dejar a un demonio, que seguramente ha matado a miles de personas, suelto de nuevo?

—Los humanos me dan igual.

—¡A mí no! —Chrys se levantó con brusquedad y golpeó con las dos manos en la mesa—. ¡Mementos nació para protegerlos! ¡No eres nadie para condenarlos!

Lía se estremeció al ver el color de los ojos de su amigo. Como ser feérico, una de las características sobrenaturales de Chrys era el cambio en sus iris. Según la estación, podían ser verdes como los brotes florales, dorados como los rayos de sol, marrones como las hojas secas o azules como la lluvia. En esos momentos, se habían tornado negros, un tono que solo aparecía cuando estaba furioso. O totalmente aterrado.

—Chrys, tranquilo —pidió Lía en voz baja. Posó una mano en la de su amigo y notó cómo temblaba—. No haremos ninguna locura. Si nos pide que lo liberemos, buscaremos otra forma de persuadirlo. ¿De acuerdo?

El *dullahan* asintió y cerró los ojos un momento. Al abrirlos, volvían a ser verdes. Lía suspiró aliviada. Era muy raro que Chrys se enfadara, y odiaba ser la causante cuando sucedía.

Faustus se mantuvo en silencio, con la cabeza gacha. Lía no esperaba una disculpa por su parte, pero al menos se mostraba arrepentido. La presión iba en aumento con el paso de las horas y estaba haciendo mella en ellos.

Miró el brazalete. Parecía fundido con su piel y era incapaz de moverlo de su sitio. Los ojos dorados de la serpiente resplandecían, victoriosos. No era la primera vez que la chica cometía una insensatez. Aunque Chrys no lo había dicho con esa intención, Lía pensó en todas las misiones que había arruinado por ir con prisas, por actuar sin contar con los demás. No había muerto nadie, pero siempre ocurrían accidentes que se podrían haber evitado si ella hubiera escuchado los consejos de los demás.

Siempre había actuado con imprudencia. Cuando Mementos la acogió, era una niña traumatizada, incapaz de hablar con los que la rodeaban. Obedecía a Roderick, pero no había sido ella misma, sino un autómata que se movía por inercia.

Los tres primeros años en Mementos fueron una pesadilla. Cada noche se despertaba gritando, empapada en sudor. Sentía la roja mirada de su padre, poseído y con un cuchillo en la mano. Las infusiones de Marta habían ayudado, pero el miedo seguía dentro de ella y la desgarraba cuando bajaba la guardia.

Ese terror se convirtió en imprudencia. Al terminar la formación y obtener un puesto de agente, empezó a lanzarse contra sus enemigos sin pensar. Solo quería matarlos, liberar toda esa frustración contra las criaturas que habían destrozado su familia. Y, un día, sucedió. Uno de sus compañeros la apartó de un ataque que no había visto venir. Lía presenció cómo las garras del demonio atravesaban al otro agente y casi lo destripaban. Sobrevivió, pero ella estuvo fuera de servicio un año.

Durante sus *vacaciones* forzadas, se había dedicado a pasear por la base, aburrida. Todo el mundo la conocía, pero ella se había dado cuenta de que no sabía quiénes eran los demás. En diez años, solo se sabía el nombre de Roderick y de Marta. Ni siquiera el de los agentes con los que salía de misión.

Comenzó a pasar más tiempo con Chrys, que dirigía a varios grupos de cazadores. El chico le había permitido quedarse en la sala de control con él, atenta a las pantallas y a cómo sus compañeros colaboraban y hablaban entre ellos. Poco a poco empezaron a charlar y Lía descubrió lo sola que se sentía.

Chrys la escuchó, la abrazó cuando ella habló del accidente y de la muerte de sus padres. En cuanto pasó el año de castigo, volvió al trabajo y comenzó a comportarse. El *dullahan* siempre estaba con ella, aunque fuera a través de un auricular. Y se volvieron inseparables.

Ahora la situación volvía a ser arriesgada. Ella confiaba en Chrys, y él debía confiar en ella. Eran un equipo.

Y no pensaba morirse tan pronto.

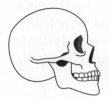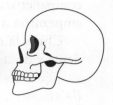

18. FAUSTUS

Descenso
al infierno

L a infiltración tuvo lugar dos días después. Chrys había logrado conseguir un mapa de la prisión, que resultó tener una disposición bastante... lógica. Al igual que muchas representaciones del Infierno cristiano, el lugar tenía forma de espiral descendente, como la imagen recreada por Dante Alighieri. Los pisos superiores, más amplios, alojaban a los demonios menos peligrosos. A medida que se bajaba, cada planta se volvía más estrecha y sus habitantes, más poderosos.

Esperaron a la noche para abrir el portal. Según Chrys, necesitaban la llave maestra que guardaba Roderick en su despacho. Con ella en su poder, sería pan comido abrir un pasaje a la prisión.

La zona en la que se encontraba la celda de Faustus no estaba demasiado vigilada. Los guardias que patrullaban sabían que Lía pasaba mucho tiempo allí dentro, por lo que no se sorprendieron al encontrarla paseándose por el pasillo central. En cuanto los perdió de vista, llamó a sus compañeros, que estaban escondidos en el siguiente recodo.

El despacho de Roderick estaba cerrado, pero el nigromante usó a uno de sus fantasmas para rellenar la cerradura y abrirla. En el interior de la sala reinaba la oscuridad, por lo que Lía, la única capaz de ver, se encargó de buscar el interruptor de la luz. Todos los miembros de Mementos sabían que Roderick a veces trabajaba hasta altas horas, por lo que no llamarían la atención.

Faustus iba detrás de ella, tanteando en la oscuridad. Justo antes de que Lía diese la luz, algo le rozó la pierna y el chico soltó un chillido ahogado. Cuando la sala quedó iluminada por los fluorescentes, los tres jóvenes descubrieron a la enredadera de Marta. El apéndice vegetal se había escapado de la habitación contigua y rozaba la pierna de Faustus como un gato pidiendo atención.

Chrys se acercó corriendo al escritorio de Roderick y buscó entre los cajones. No había pasado un minuto cuando se irguió con expresión triunfal.

—Lo encontré —susurró emocionado. En su mano tenía un dodecaedro traslúcido de cuyo interior salía una liviana luz violácea.

—Venga, date prisa —lo instó Lía.

Chrys se dirigió a una de las paredes y alzó la llave. Cuando comenzó a hablar, Faustus intentó agudizar el oído para entender sus palabras, pero pronto desistió. La lengua feérica era imposible de aprender salvo que tuvieras sangre de hada.

Con cada golpe de voz, el dodecaedro parpadeaba cada vez más fuerte. Lía se quedó de pie junto al nigromante mientras este observaba al *dullahan*. Chrys ya les había avisado de que tomaría su tiempo abrir el portal, pero tenían los nervios a flor de piel. Lía golpeaba con un pie en el suelo rítmicamente y Faustus le puso una mano en el hombro.

—Va a salir bien. Cálmate. —Ella se sonrojó, pues se sentía culpable—. Me estás poniendo nervioso.

—Perdona, señor «Soy valiente y nada me asusta» —replicó Lía con sorna—. Nunca he hecho algo así.

—¿Una locura?

—Esto es algo más que una locura —respondió en tono serio.

La potente luz del portal terminó con la conversación. Chrys se apartó del vórtice, un enorme agujero violáceo que giraba sobre sí mismo. Su diámetro debía medir más de tres metros y Faustus sintió cómo algo tiraba de él hacia el interior del portal.

El hada se quitó la mochila que llevaba, la posó en el suelo y comenzó a sacar su contenido. Le dio una pistola a Lía y una escopeta a Faustus. La chica también llevaba en la cadera sus cuchillas curvas. El nigromante comprobó que todos los fantasmas estaban en su lugar y asintió, preparado.

—Si ocurre cualquier cosa, dad media vuelta. Estaré atento a la señal para abriros el portal de vuelta. No quiero heroicidades ni sacrificios mundiales —recalcó mirando a Faustus—. Espero que lo logréis.

El nigromante retrocedió dos pasos y dejó que los dos amigos se abrazaran. Cuando Lía soltó a Chrys, este miró a Faustus. Se produjo un tenso silencio durante un segundo. Ninguno podía negar que había algo entre ellos, pero también sabían que era una conversación pendiente. El nigromante deseó abrazar también al *dullahan* para reconfortarlo, pero solo asintió como despedida.

—Ten cuidado —fue la respuesta de Chrys antes de tenderle el mapa.

Lía y Faustus se dirigieron al portal. La chica miró a su compañero, que inclinó la cabeza levemente.

No había marcha atrás.

Cuando cruzaron el vórtice, todo a su alrededor se difuminó. Faustus cerró los ojos para evitar el mareo, pero fue en vano. Sintió cómo su cuerpo era tragado, digerido y escupido al otro lado. Era muchísimo peor que el portal del museo. En cuanto notó que todo había pasado, abrió los ojos, mareado.

Estaba de rodillas en una especie de gruta. Lía, a su lado, sufrió una arcada, pero logró mantener la cena en su estómago. Aunque no había lámparas ni antorchas a la vista, percibía una luminiscencia que procedía de la roca misma.

—La mejor atracción en la que me he montado —acertó a decir Lía mientras se levantaba. Faustus soltó una carcajada grave antes de imitarla.

Ante ellos había un pasillo lleno de aberturas a ambos lados. Los dos sabían lo que se escondía en esos huecos, por lo que caminaron lo más cerca posible del centro de la galería. A medida que avanzaban, no pudieron evitar fijarse en las celdas. Los barrotes estaban plagados de runas brillantes, sellos que mantenían a los demonios atrapados.

Un golpe resonó a su izquierda y Lía soltó un chillido.

—¿Y tú te consideras una cazadora? —preguntó Faustus con sorna.

—No es lo mismo cazar a un par de demonios en tu dimensión que esto —respondió mientras alzaba ambos brazos y señalaba las paredes de piedra que los rodeaban—. Es otro nivel.

Minutos más tarde, llegaron al centro de la espiral. El pasillo bordeaba un enorme agujero por el que descendía una escalera de caracol. Faustus vio otros pasillos a ambos lados, pero sabía que lo que buscaban estaba más abajo. *Mucho* más abajo. Sacó el plano de Chrys.

—Tenemos que bajar hasta la quinta zona —explicó.

—Pues vamos allá.

Lía llegó a la escalera de caracol y pisó el primer peldaño, que salía de la pared misma y era blanquecino. Faustus se fijó en que parecía un enorme hueso, pero apartó la idea de su mente. Bastante asustado estaba ya en ese tétrico lugar como para pensar en más detalles macabros.

Descendieron poco a poco, atentos a cualquier sonido. De vez en cuando se escuchaban gruñidos y arañazos lejanos, pero nada que les indicara que había un demonio suelto. Cuando estaban llegando a la segunda zona, Lía se detuvo.

—Hay que seguir hasta la quinta —recordó el nigromante, pero ella le chistó para que se callara.

—Me ha parecido oír... —Lía abrió mucho los ojos y se dirigió a paso rápido hacia uno de los pasillos de esa planta—. Es la voz de mi padre.

—¡Lía, espera! —Faustus intentó detenerla, sin éxito—. Mierda.

Corrió detrás de la chica, que iba caminando decidida en dirección a una voz que solo ella parecía escuchar. Cuando el nigromante consiguió darle alcance, Lía se había detenido ante una celda y tenía el rostro pálido.

—¿Qué pasa? —preguntó mientras la zarandeaba suavemente del brazo.

—Mi dulce dulce niña —ronroneó una voz desde el interior de la celda.

Faustus siguió la dirección de la que provenía y soltó un respingo. Podía distinguir los rasgos del demonio entre los barrotes. Todo su cuerpo estaba desprovisto de piel, por lo que tenía los músculos a la vista. Regueros de sangre caían hasta el suelo y se evaporaban, aunque regresaban al interior de la criatura. Sus ojos, rojos como ascuas, miraban a Lía.

—Papá —sollozó ella. Faustus la miró con expresión confusa. Su compañera no parecía ver lo mismo que él.

—Así es, tesoro. Llevo mucho tiempo esperándote —contestó el demonio.

«Es el *irae* que poseyó a su padre.»

—Lía, te está engañando. Es un demonio. Es el *irae* que os atacó. —Faustus intentó que su compañera lo mirase, pero los ojos de la chica no respondían—. ¡Lía!

—Libérame, Lía. Ayuda a tu padre a salir —pidió la criatura con voz melosa.

Cuando la joven acercó una mano tambaleante a los barrotes, Faustus actuó. Lenalee saltó de su brazo y rodeó la cara de la chica formando un antifaz oscuro. Lía se revolvió, sorprendida y asustada al no poder ver, pero el nigromante la sujetó y acercó su boca al oído de la chica.

—Lía, escúchame. No es tu padre. En el fondo, lo sabes. Estamos en una prisión para demonios. Reacciona —murmuró con un tono tranquilizador. Lentamente, Lía dejó de revolverse y sollozó en voz baja. Lenalee se apartó al cabo de unos segundos y la joven miró a Faustus.

—Lo siento. Era incapaz de pensar —se disculpó mientras se limpiaba las lágrimas.

—No pasa nada. Vámonos.

—¡Maldito seas, nigromante! —El *irae* golpeó los barrotes, furioso—. Yo maté a tus padres, niña. Y te juro que volveré a por ti. Te descuartizaré miembro a miembro y luego te devoraré.

—Estoy deseando tu visita —respondió Lía, ya recuperada, antes de darse la vuelta.

Prosiguieron el descenso en silencio, absortos en sus pensamientos. Faustus miró la espalda de su compañera. Se le hacía raro pensar que, en menos de dos semanas, había encontrado a alguien en quien confiar.

«Y eso que quería matarla», pensó mientras sonreía para sus adentros.

La escalera de caracol se iba volviendo más estrecha a medida que descendían. Faustus no quiso pensar en quién habitaba el piso más profundo, ese en el que terminaba la espiral.

En cuanto llegaron a la quinta planta, se detuvieron. Según el mapa, de los cuatro pasillos que había, debían tomar el opuesto a la escalera. Faustus se frotó los brazos mientras seguía a Lía. En esa zona hacía frío, pero era una sensación antinatural. Se percibía la maldad en el ambiente.

No perdieron el tiempo mirando las celdas que dejaban atrás. Ambos notaban el peso de cada segundo que pasaba. Recorrieron la galería de piedra a paso rápido, directos a la última cavidad de ese pasillo. Cuando llegaron a su destino, les sorprendió ver el aspecto de su objetivo.

Según la información que habían reunido, Azi Dahaka tenía la apariencia de un dragón de tres cabezas, dos de serpiente y una humana. Sin embargo, el prisionero poco tenía de reptil alado. Parecía más bien un vagabundo malnutrido de cuyos hombros surgían dos culebras. Estaba sentado en el suelo y tenía la espalda apoyada en la pared del fondo.

—Azi Dahaka —pronunció Lía en voz alta. Al no obtener respuesta, repitió el nombre. Esa vez, el demonio alzó la mirada.

—¿Qué queréis de mí, criaturas? —Su voz era un susurro estremecedor que resonó en sus cabezas.

—Venimos en busca de información. ¿Qué relación tienes con esto? —Lía alzó el brazalete y lo colocó entre dos barrotes, a la vista del prisionero.

—Ni un saludo cordial ni nada. Estos humanos y su educación… —murmuró el demonio con voz grave—. Bonito accesorio.

—Todo apunta a que la maldición que había en su interior era obra tuya. ¿Qué tienes que decir al respecto? —prosiguió Lía, directa al grano.

—Niña estúpida —murmuró el prisionero—. Huelo la maldición desde aquí. Está en tu interior. Te queda poco tiempo.

—¡Dime cómo destruirla! —exclamó ella. Faustus se mantuvo callado a su lado. La esencia del demonio lo mareaba.

—Solo su artífice puede hacerlo. Y yo no lo soy —contestó Azi Dahaka.

—Eso es imposible —susurró Lía con abatimiento—. Todo indica que es obra tuya: eres un demonio, tienes relación con serpientes, las enfermedades…

—El brazalete es un mero adorno. Su creador nada tiene que ver con sierpes —respondió Azi Dahaka con una carcajada cruel—. Triste destino el que te aguarda.

—Espera, ¿sabes quién es? —Faustus miró al demonio, que ladeó la cabeza al oírlo hablar.

—Por supuesto, nigromante. Su impronta es inconfundible.

—Dínoslo. Tenemos que deshacer la maldición —exclamó Lía.

—¿Y yo qué obtengo? —Azi Dahaka se cruzó de brazos y bostezó.

—No vamos a liberarte, si es lo que quieres —contestó Faustus.

—Seré libre tarde o temprano. No, no es eso lo que quiero. —Sus ojos, totalmente negros, miraron al nigromante detenidamente—. Os daré una pista sobre su identidad a cambio de algo.

—¿Qué quieres?

—Quiero tu recuerdo más feliz.

Faustus se quedó congelado ante la petición de Azi Dahaka. El prisionero sonrió con un gesto hambriento.

—Faustus, tiene que haber otra manera. Encontraremos un método de conseguir… —comenzó Lía, pero él alzó una mano para silenciarla.

—De acuerdo —accedió. No tenían tiempo que perder con negociaciones. Y tampoco era un alto precio—. Solo es un recuerdo.

—Pobre niño. Perder un recuerdo no es lo malo. Has de temer al efecto dominó que provoca. —El demonio se levantó y se acercó a los barrotes—. Mírame fijamente a los ojos.

Faustus obedeció a regañadientes. La cercanía del aura de Azi Dahaka le provocaba un escozor en su interior. Las dos esferas negras ocuparon poco a poco todo su campo de visión. Sintió un extraño mareo y un pinchazo en la cabeza que le hizo apartar la mirada. Cuando volvió a fijarse en el demonio, este ya había regresado a su posición inicial.

—El demonio que buscáis no está aquí. Me consta que nunca ha salido de la dimensión demoníaca, aunque sus esbirros se encargan de llevar *regalos* al mundo humano. —Azi Dahaka hizo una pausa dramática antes de continuar—. «*Mezey ra'av ulechumey reshef veketev meriri veshen-behemot ashalach-bam im-chamat zochaley afar*».

—¿Qué narices significa eso? —escupió Lía.

—«Consumidos serán por el hambre, atacados por los demonios y tajados por el demonio Merirí; y dientes de bestias enviaré sobre ellos, con veneno de lo que se arrastra por el polvo» —tradujo Faustus.

—Que tengáis suerte en vuestra búsqueda, criaturas luminosas —finalizó el demonio.

—Tenemos lo que queremos. Será mejor que nos marchemos —propuso Lía.

Faustus asintió y se dieron la vuelta para regresar a la

escalera. Sin embargo, cayeron de rodillas cuando una potente onda mágica los golpeó e hizo que todo su cuerpo reverberase.

—¿Qué ha sido eso? —acertó a preguntar el nigromante.

—Eso, criaturas, es un sello al romperse —escucharon decir a Azi Dahaka, seguido de su cruel carcajada.

19. LÍA

Pesadillas vivientes

Lía sintió cómo cada célula de su cuerpo chillaba de terror. No sabía qué era lo que se había liberado, pero era poderoso. Miró a Faustus. Su compañero trataba de mostrarse tranquilo, aunque sus pupilas blancas, totalmente encogidas por el miedo, decían lo contrario.

Un rugido resonó en la prisión mágica. Era algo inhumano, sobrenatural. A la mente de la joven acudieron imágenes de niños gritando, de sierras eléctricas bañadas en sangre, de puertas chirriantes, de garras surgiendo de la oscuridad..., era la voz de las pesadillas.

—Ha venido de una planta superior —murmuró Faustus. Ambos miraron en dirección al final del pasillo, donde la escalera de caracol ascendía hasta la salida... y hasta el demonio suelto.

—Tenemos que llegar al portal. Si vamos con cuidado, puede que no se entere de nuestra presencia —sugirió Lía con voz temblorosa.

—Intentaré que mis fantasmas nos oculten, pero no aseguro nada. Ese aullido... —El nigromante negó con la cabeza.

Su expresión denotaba terror—. Si nos encuentra, estamos jodidos.

—Gracias por los ánimos —bufó Lía en voz baja.

Caminaron con cuidado, procurando hacer el menor ruido posible. Lía tenía la pistola en la mano y avanzaba en cabeza. Faustus, con la escopeta firmemente sujeta, seguía a la chica mientras sus fantasmas, distribuidos por la prisión, rastreaban a la criatura.

Llegaron a la escalera sin problema. Lía se detuvo y miró a su compañero. Las probabilidades de que un demonio quedara libre mientras ellos estaban allí eran bajas, pero había ocurrido. Que su enemigo estuviera en las plantas superiores era al menos algo bueno, ya que su poder sería inferior al de los prisioneros más profundos, pero de todos modos debían ir con cuidado.

Tras un asentimiento, Lía comenzó el ascenso. Los escalones blanquecinos crujían con cada pisada, lo que aceleraba aún más los latidos frenéticos de su corazón. Sus armas estaban cargadas con balas rellenas de agua bendita, algo que los ayudaría a ganar tiempo. Sin embargo, no podrían deshacerse del demonio. Sin un recipiente humano, la criatura era imbatible.

Cerró con fuerza los dedos alrededor de la culata de su pistola, incapaz de controlar los temblores que la recorrían. No comprendía por qué estaba tan aterrada. Su mente estaba nublada por un velo de miedo que la instaba a huir, a esconderse debajo de la manta y a esperar a que el monstruo se fuera. Nunca se había sentido así.

Acababan de pasar la tercera planta cuando Faustus la sujetó del brazo para detenerla. Lía ahogó un grito, con los nervios a flor de piel. Miró a su compañero, que señaló el descansillo de la zona que acababan de dejar atrás.

A simple vista no se veía nada, pero ambos sabían que la criatura se acercaba. Primero apareció su sombra por uno de los pasillos. La silueta oscura era deforme, llena de bultos y pinchos por todos lados. Se oía el chirriar de algo metálico al ser arrastrado por el suelo de piedra.

Cuando la cabeza del demonio quedó a la vista, los dos

jóvenes contuvieron el aliento, paralizados de terror. Lo primero en lo que pensó Lía fue en un espantapájaros con la cabeza destrozada. Su boca era un desgarro en el gran saco de arpillera que daba forma a la criatura y tenía dos agujeros negros como ojos.

Su cuerpo era bulboso, con rotos y trozos de tela mal cosidos. Sus brazos y piernas, largos palos de madera terminados en garras metálicas, le permitían desplazarse a cuatro patas con pasos desacordes. Uno de sus brazos estaba caído y sus falanges afiladas rascaban el suelo por el que pasaba.

Lía consiguió recobrar la compostura cuando una de las sombras de Faustus se extendió entre ellos y el demonio y los escondió detrás de una pantalla de oscuridad. El nigromante le dio un empujoncito y Lía prosiguió el ascenso con el oído pendiente de cualquier sonido por parte de su depredador.

Cuando posó el pie en el escalón de la segunda planta, este crujió con un ruido estridente. Lía se mordió el labio para evitar un sollozo. El miedo era como un nudo en la garganta que le impedía respirar. Miró hacia abajo y deseó que el demonio no hubiera escuchado el ruido.

Dos profundos surcos de oscuridad la observaban desde un rostro de tela podrida.

El desgarro que formaba la boca del monstruo se abrió y de él brotó un nuevo chillido. La cabeza de Lía se llenó de toda clase de imágenes de pesadilla antes de que sus piernas fallasen y cayera de rodillas.

—¡Lía, levántate! ¡Hay que correr!

Faustus tiró de ella y comenzaron a subir los escalones que les quedaban a paso veloz. La escalera de caracol vibraba bajo su peso, pero no se detuvieron. Sentían la furia del demonio a sus espaldas. Si les daba alcance, estaban muertos.

En cuanto sus pies tocaron el descansillo del primer piso, en el que se encontraba la salida, Lía se permitió echar una rápida mirada atrás. La criatura ascendía con las cuatro patas por la escalera, pero los fantasmas de Faustus lo golpeaban y ralentizaban su avance. Aun así, acababa de sobrepasar la segunda planta. No tenían mucho tiempo.

Echaron a correr por el pasillo por el que habían entrado y Lía se llevó una mano a la oreja y encendió el auricular que llevaba. Solo se oían interferencias al otro lado.

—Mierda —sollozó con un grito. Si no conseguía ponerse en contacto con Chrys, estaban perdidos.

—Vuelve a intentarlo… cuando lleguemos a la entrada —consiguió decir Faustus entre resuellos.

Lía se fijó en el cuerpo de su compañero. Su piel estaba cubierta de una pequeña nube de polvo que llegaba desde las escaleras. Se dio cuenta de que eran los fantasmas de Faustus, abatidos por la criatura. Por lo que sabía, la hueste de un nigromante no podía desaparecer, pero sí quedarse sin fuerzas durante un tiempo si era gravemente herida.

Llegaron a la estancia inicial y Lía volvió a apretar el intercomunicador. La interferencia seguía ahí, pero no era tan fuerte como antes.

—¿Chrys? ¿Me oyes? ¡Chrys? ¡Abre el portal! —gritó. No podía perder la esperanza en ese momento.

—Vamos, Chrys… —murmuró Faustus.

Un grito antinatural reverberó por el pasillo y resonó con fuerza en la estancia. Lía sollozó y se cubrió los oídos, pero el aullido estaba en su cabeza y le mostraba escenas cada vez más terroríficas. Vio a Faustus delante de ella, apuntando con la escopeta en dirección al pasillo. Aunque los brazos del nigromante temblaban, mantuvo su posición.

—Sigue intentándolo, Lía —suplicó con un tono vacilante.

A pesar de que Faustus no podía verla, asintió como respuesta y apretó de nuevo el auricular. Entre el sonido estático le pareció escuchar una voz. No se hizo ilusiones; el miedo hacía que su mente le jugara malas pasadas.

—¿Chrys? Por favor, abre el portal. ¡Chrys! Soy Lía. Abre el portal —repetía una y otra vez con un hilo de voz.

Un crujido hizo que todo su cuerpo quedara paralizado. El demonio, que tenía las garras alzadas y tanteaba el aire a su alrededor, los observaba a pocos metros de distancia. Un sonido gutural escapó del desgarro-boca. Lía gimió al darse cuenta de que la criatura se estaba riendo.

—¡Atrás! —gritó Faustus antes de disparar.

El hombro de su enemigo estalló y envió trozos de tela y mucosa negra por todos lados. El demonio rugió mientras se tambaleaba hacia atrás. El hechizo que tenía presa a Lía se rompió en ese mismo instante. El terror ilógico que le oprimía el pecho desapareció y su mente regresó a la normalidad, y entonces entendió lo que había ocurrido: la criatura era un ente de pesadilla y había estado jugando con sus miedos para paralizarla.

Lía se levantó, se situó al lado de Faustus y apuntó con la pistola al demonio. El estallido de las balas resonó en la sala mientras los proyectiles abrían nuevos desgarros en el cuerpo de la criatura.

Un fogonazo violáceo destelló a sus espaldas. El portal surgía lentamente, pero estaba apareciendo. Lía sonrió aliviada con la vista puesta en el vórtice giratorio que los llevaría a casa.

—¡Cuidado!

La joven se giró al oír el grito de aviso de Faustus. Solo pudo ver al demonio lanzarse a por ella, con las garras extendidas, antes de que el nigromante se interpusiera entre ambos.

Las cuchillas de la criatura se clavaron en el estómago de Faustus y salieron por su espalda. Lía sintió las gotas de sangre salpicando su cara mientras el demonio se retiraba y el nigromante caía sobre ella sin fuerzas.

—¡Faustus! —gritó, pero tenía los ojos cerrados y no respondía.

Vio aterrada cómo la camiseta de su compañero se llenaba de sangre procedente de los cuatro orificios que habían dejado las garras. Si no recibía ayuda pronto, su condición de inmortal se acabaría.

Cuando el demonio se abalanzó de nuevo sobre ellos, Lía alzó la pistola en un acto reflejo y vació el cargador sobre la criatura. La invadía una rabia fría y ciega. Su enemigo había jugado con ella y había herido de gravedad a su compañero. No iba a permitir que la cogiera de nuevo con la guardia baja.

El engendro retrocedió entre aullidos de dolor. Lía aprovechó para pasar los brazos por debajo de los de Faustus y avanzar en dirección al portal. El pasaje aún no estaba abierto del todo, pero tenían que entrar ya.

La criatura, al ver sus intenciones, se lanzó otra vez a por ellos, pero Lía se dejó caer de espaldas en el vórtice y arrastró a Faustus con ella. La sensación de vértigo fue peor esa vez, pero no le importaba. Necesitaba llevarlo de vuelta y encontrar ayuda rápido.

Cuando golpeó con la espalda en el suelo del despacho, buscó rápidamente a Chrys con la mirada.

—¡Ciérralo! ¡Corre!

Su amigo la observaba, conmocionado por la sangre, pero se recompuso rápido y alzó ambas manos en dirección al portal. El vórtice violáceo vibró y empezó a girar en el sentido contrario mientras su tamaño disminuía.

Chrys maldijo cuando una garra apareció por el portal, pero se concentró y lo cerró del todo. El apéndice, cercenado, cayó al suelo y sufrió varios espasmos antes de pulverizarse.

Lía se dio cuenta en ese momento de que no estaban solos. Roderick acababa de arrodillarse ante ella con la preocupación visible en su rostro.

—Niña, ¿cómo se os ocurre...? —empezó, pero se calló al ver la herida en el abdomen de Faustus.

—Ayudadlo, por favor... —suplicó Lía entre lágrimas.

La sangre de su compañero seguía manando de su estómago y las prendas de ambos estaban empapadas con el líquido carmesí. Lía tuvo que reprimir una arcada. No estaba dispuesta a soltarlo.

—¡Chrystopher, llama al médico! Marta, tráeme algo para frenar la hemorragia. Debemos darnos prisa —ordenó Roderick mientras cogía el cuerpo exánime del nigromante y se erguía.

Lía solo pudo sonreírle agradecida antes de perder la conciencia.

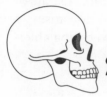 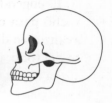

20. FAUSTUS

Recuerdos perdidos
en el olvido

El olor a antiséptico asaltó a Faustus cuando despertó. No reconocía la habitación en la que estaba, pero sabía que no era la prisión mágica. Intentó hacer memoria de cómo habían regresado, pero todo era un borrón de oscuridad.

Cuando intentó enderezarse, soltó un gruñido. Se pasó una mano por el abdomen, el centro del dolor, y descubrió que se lo habían vendado. El recuerdo del demonio lanzándose a por Lía y él interponiéndose surgió en su mente. Faustus soltó un prolongado suspiro. Al menos estaban de regreso.

Una vez inspeccionada la habitación, que resultó ser una especie de enfermería, se dedicó a dormir a ratos. Había algo que le rondaba por la cabeza y le impedía descansar, pero no tenía muy claro qué era. Sin embargo, al tumbarse de lado lo supo.

El colgante con la sangre de Yussu rozó su piel al girarse y Faustus abrió mucho los ojos, asustado.

—No. No, no, no... —Se sentó en la cama, ignorando el dolor del abdomen, y se sujetó la cabeza con ambas manos.

Sabía quién era Yussu y lo que sentía por él, pero era incapaz de recordar su rostro. Faustus trató de recordar todos los momentos felices a su lado: las vacaciones, los viajes, las cenas en el japonés... Todo seguía ahí. Todo menos el rostro de su novio.

Las palabras de Azi Dahaka resonaron en su mente. «Has de temer al efecto dominó que provoca», había dicho. No sabía qué recuerdo se había llevado, pero su desaparición había implicado la del rostro de Yussu.

Se cubrió la boca con una mano al escuchar su propio sollozo. Había llegado hasta ese punto por él, por traerlo de vuelta. Pero se sentía incapaz de avanzar si no conseguía siquiera recordar cómo era.

La puerta de la enfermería se abrió y el chico se sobresaltó. Marta, la bruja de las plantas, lo observaba desde el umbral con el rostro preocupado.

—Me alegro de que te hayas despertado. ¿Te encuentras bien? —Cuando vio los ojos llorosos de Faustus, se decidió a entrar y se sentó en el borde de la cama—. No sé qué os ha pasado ahí dentro, pero siento que debo darte las gracias. Salvaste a Lía.

—No..., no fue nada —logró responder el nigromante. No se veía capaz de mantener una conversación tras el duro descubrimiento.

—¿Quieres hablar? ¿Te gustaría un té relajante?

—El té está bien —contestó con la cabeza gacha.

—De acuerdo, enseguida te lo traigo. —La mujer se levantó y, antes de salir, se volvió hacia Faustus—. Lía quería quedarse contigo, pero la mandamos a casa para que descansara. La avisaré de que estás despierto.

El nigromante asintió sin mirarla. Su mano derecha estaba cerrada con fuerza alrededor del colgante. Daba igual cuánto tratase de recordar, era incapaz de ver el rostro de Yussu en su mente.

Todo lo que había arriesgado no había servido para nada. Sentía que su amor por el naga se escurría entre sus dedos, al igual que su recuerdo. En su cabeza, Yussu tenía su cuerpo de serpiente, con sus escamas doradas y brillantes, pero, cuando se fijaba en su rostro, solo veía un enorme agujero oscuro.

Unos golpes en la puerta volvieron a sacarlo de sus pensamientos. Chrys apareció con una bandeja con una taza y una amplia sonrisa. El gesto desapareció al ver el rostro desolado de Faustus.

—¿Qué pasa? ¿Te duele algo o…? —Se calló cuando el nigromante alzó la mirada.

—No puedo recordarlo —sollozó. Sentía un nudo en la garganta y no podía dejar de llorar.

—¿Recordarlo? ¿Te refieres a…?

—Yussu. Azi Dahaka me pidió un recuerdo feliz y se ha llevado el momento en el que vi el rostro de Yussu por primera vez. —Faustus se pasó las manos por las mejillas en un vano intento de contener el llanto—. No consigo recordar cómo era.

—Lía me contó lo del pago. Pero no pensé que tuviera una consecuencia tan… cruel.

Chrys se sentó en el mismo sitio que Marta y posó la bandeja en la mesita de al lado de la cama. Le pasó la taza a Faustus, que la cogió con una mano temblorosa. La otra seguía alrededor del colgante.

—¿Cómo puedes amar a alguien que no recuerdas? —La pregunta del nigromante escondía una súplica que Chrys era incapaz de responder—. Si lograra traerlo de vuelta, ¿cómo sabría que es él si no soy capaz de reconocerlo?

—Sé que no es la misma situación, pero creo que sí que puedes amarlo aunque hayas perdido su recuerdo —contestó Chrys. Su mirada estaba fija en el humo que salía de la taza de té—. Hay días en los que el rostro de mi padre pierde nitidez. En esos momentos, siento una necesidad agobiante de buscar una foto de él por miedo a olvidarlo del todo. Sin embargo, sé que nunca dejaré de quererlo. No importa que no recuerde su cara; lo importante es mantener el recuerdo de mis sentimientos hacia él.

—Ya no estoy seguro de nada…

Una parte de Faustus entendía lo que había dicho Chrys. Amaba a Yussu, y eso no podría quitárselo ningún demonio. Aun así, cada vez veía menos claro que fuera buena idea traerlo de vuelta. Era un acto egoísta que iba en contra de los deseos del naga.

Pero tenía miedo de perder todo lo que hacía que quisiera seguir vivo. Miedo a quedarse solo por el resto de la eternidad. Desde su nacimiento, la felicidad había llegado a él con cuentagotas, y siempre había desaparecido. Primero fue Lenalee y después Yussu.

«Quizá no merezco ser feliz.»

Alzó el rostro cuando sintió los dedos de Chrys sobre los suyos. Soltó el colgante y, sin apartar al chico, posó la mano en el colchón.

—No pienses tanto, que empieza a oler a quemado —se burló el *dullahan*, aunque sus ojos seguían observando a Faustus con sincera lástima—. Sé lo que estás pensando; yo pasé por ello cuando perdí a mi padre. La eternidad a veces es algo que acojona, no nos vamos a engañar.

»Pero toda esta aventura de la maldición y traer de vuelta a Yussu ha hecho que ahora estés con nosotros. Sí, apenas nos conocemos y todas esas tonterías, pero tú y yo… —Chrys carraspeó, incómodo—. Y a Lía le caes bien. Muy pocos han logrado que se confíe y les cuente la historia de su familia.

—Chrys, yo…

—Lo sé. Aún tienes esperanzas de recuperar a Yussu. —Los labios del *dullahan* dibujaron una sonrisa triste—. Pero al menos piensa en mí como un amigo. Si un día me ves como algo más, pues bueno…

—Eres un tío muy raro, Crystuliane Dulla Corvin —dijo Faustus con una sonrisa.

—¿Cómo eres capaz de acordarte? No tendría que habértelo dicho. —Chrys soltó una carcajada mientras fingía sentirse indignado—. Maldito nigromante de pacotilla.

—Fue a hablar el *dullahan* con la cabeza aún sobre sus hombros —respondió el otro.

Faustus se dio cuenta de que la mano de Chrys aún

envolvía la suya y entrelazó los dedos con los del hada. Sí, su corazón todavía le pertenecía a Yussu, pero el *dullahan* había logrado hacerse con un pequeño espacio en su interior. No quería pensar en qué les depararía el futuro, por lo que aceptaría su amistad.

Sería su primer paso para no sentirse solo.

Un carraspeo en la puerta hizo que se soltaran bruscamente. Chrys se levantó y miró a Roderick, que los observaba desde el umbral con el rostro inexpresivo.

—Me gustaría hablar con vosotros en mi despacho. Lía está de camino —explicó la mujer.

—Por... por supuesto. Ahora vamos —tartamudeó el *dullahan*.

Los ojos de Roderick se posaron en las vendas que cubrían el abdomen de Faustus.

—Menos mal que los inmortales somos duros de pelar —comentó la dragona. El nigromante notó un cierto toque cómicoirónicodivertido en la voz de la mujer—. Os espero allí.

Cuando Roderick desapareció, Chrys soltó un sonoro suspiro.

—Será mejor que no la hagamos esperar. Bastantes problemas hemos dado ya. ¿Necesitas ayuda para incorporarte?

—Creo que puedo bien.

Faustus sacó las piernas de debajo de las mantas y se estremeció al notar el frío suelo bajo los pies. Chrys sacó unas zapatillas de un pequeño aparador y se las dio. Cuando el nigromante intentó ponerse de pie, las rodillas le fallaron y cayó sobre la cama.

—Será mejor que te sujetes a mí. Has perdido mucha sangre.

Chrys pasó un brazo por detrás de Faustus y lo sujetó de la cadera. El nigromante, que se resignó y aceptó su ayuda, se apoyó en él. Avanzaron lentamente por el pasillo, con los cuerpos muy pegados. Sin embargo, Faustus se detuvo al llegar a la puerta, se giró y abrazó a su compañero. Los brazos de Chrys no tardaron en rodearlo, fuertes y cálidos.

—Me alegro de que hayáis vuelto vivos —le susurró al oído el hada.

Faustus solo asintió en silencio y deseó que el otro no hubiera escuchado los latidos acelerados de su corazón.

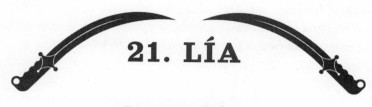

21. LÍA

Callejón
sin salida

En cuanto Faustus y Chrys entraron en el despacho, Lía corrió hacia ellos y abrazó al nigromante. El cansancio acumulado había hecho mella en ella, que se había desmayado en esa misma sala horas antes. Cuando había despertado, Faustus ya estaba estable y descansaba en la enfermería.

Marta se había hecho cargo de ella y la había acompañado a casa, donde le había preparado una bebida somnífera para ahuyentar las pesadillas. Los ecos del demonio aún rondaban por su cabeza y todavía sentía los nervios a flor de piel. Ver a su compañero vivo ya era un aliciente para recuperarse ella también.

—Ahora que estamos todos, hay un tema del que hablar. —Los tres jóvenes se separaron y miraron con culpabilidad a Roderick, que los observaba desde su escritorio—. No tenéis ni idea de la irresponsabilidad que habéis cometido. ¿Cómo se os ocurre ir a una prisión interdimensional llena de demonios?

—Creíamos que... —comenzó Lía, pero la mujer no había terminado de hablar.

—¿Y si no hubierais regresado? ¿Qué habría pasado si ese demonio hubiera salido de un nivel más profundo? —Roderick se levantó de repente y golpeó con las dos manos en la mesa, lo que hizo vibrar todo lo que había encima. Lía siguió con la vista el recorrido de un lápiz que rodaba hacia el borde. Cuando su jefa lo atrapó con un zarpazo, alzó la cabeza de nuevo hacia la mujer—. Se supone que sois adultos responsables. Y os habéis lanzado de cabeza a una aventura casi suicida.

—¡Era una pista! —gritó Lía para hacerse oír—. De todos los sospechosos, Azi Dahaka cumplía los requisitos que buscábamos. Es un demonio, tiene relación con serpientes y es el causante de muchas enfermedades. Supusimos que era el responsable de la maldición.

—¿Y por qué no me informasteis?

—¡Porque no nos habrías dejado ir! —Lía se acercó al escritorio y se enfrentó a la mirada furiosa de su mentora—. En menos de una semana estaré muerta si no logramos acabar con la maldición. No teníamos tiempo que perder.

Roderick se sentó con expresión abatida. Las palabras de su subordinada la habían afectado más de lo que Lía esperaba. Respiró profundamente y miró a la joven, que apartó el rostro para tratar de ocultar su culpabilidad.

—Decidme al menos que conseguisteis algo —pidió Roderick en un tono más suave.

—El demonio Meriri —contestó Faustus mientras se acercaba a ellas, bien sujeto por Chrys—. Su nombre aparecía en el versículo que nos dio Azi Dahaka.

—¿Meriri? —Roderick comenzó a teclear con la vista puesta en su ordenador—. El nombre me suena, pero no… —Se calló al ver los resultados de la búsqueda—. Hemos estado siguiendo una pista errónea.

—¿Errónea? ¿Cómo es posible? —preguntó Chrys.

—No es una criatura relacionada con serpientes —explicó Roderick—. Keteh Meriri, el Señor del Mediodía y de los Calurosos Veranos —leyó mientras sus ojos recorrían la pantalla—, es un demonio de la peste. Su nombre procede del término *mryry*, que significa «veneno», y de *aryrh*, que es «maldición». Su máximo poder es durante el mediodía, a pleno sol, y se cree que todo aquel que lo mira muere al momento.

—Eso mismo nos dijo Azi Dahaka. La maldición no tiene nada que ver con las serpientes. Además, es un ser que nunca ha abandonado la dimensión demoníaca, pero manda a sus súbditos a nuestro mundo con objetos malditos. Como el brazalete. —Lía posó la mirada en la serpiente negra que rodeaba su muñeca. El animal no había sido más que una pista falsa. En ese momento, se dio cuenta de otro detalle—. Entonces, si no tiene nada que ver con serpientes…

—Su maldición no me permitirá resucitar a Yussu —murmuró Faustus, abatido.

—Entiendo que no es de tu agrado, pero tenemos que descubrir cómo contactar con ese demonio y salvar a Lía —decretó Roderick—. Ahora mismo es nuestro principal objetivo.

—Si es un demonio que nunca ha estado en nuestro mundo, no podemos invocarlo —intervino Chrys—. En Mementos guardamos restos de los demonios más peligrosos para poder controlarlos y para mantenerlos vigilados —explicó mirando a Faustus—. Pero, en su caso, no tenemos nada.

—Antes de que digáis nada, ir a la dimensión demoníaca no es una opción —aseguró Roderick. Sus ojos estaban puestos en Lía—. Aparte de que es imposible. Solo los demonios saben cómo romper la barrera entre las dos dimensiones. Y, aunque consiguiéramos entrar, no tendríamos tiempo de buscar a ciegas.

—¿Y qué podemos hacer? —preguntó Chrys, desesperado.

—Buscaremos una manera. Os lo prometo. Pero no cometáis más imprudencias. —Los tres jóvenes asintieron—. Id a descansar lo que queda de día. Mañana nos reuniremos y seguiremos investigando.

—Roderick, ¿sería posible que Faustus viniera con nosotros? —pidió el *dullahan*. El aludido lo miró, confuso—. No creo que sea buena idea dejarlo solo.

—Haced lo que queráis —cedió la mujer con voz cansada—. Creo que ha demostrado su compromiso con la misión. Ahora es uno de los nuestros.

Tras despedirse de Roderick, los tres jóvenes salieron de Mementos. Lía no creyó necesario vendar los ojos a Faustus. Ya estaba demasiado implicado en la misión para seguir ocultando su localización. Aunque el nigromante había recuperado suficientes fuerzas para andar solo gracias a su condición de inmortal, caminaron a paso lento bajo el sol de media tarde, cada uno perdido en sus pensamientos.

Al fin habían encontrado respuestas, pero estas les habían dado más problemas que soluciones. Para colmo, la expresión derrotada de su compañero hablaba por sí sola. Se había visto envuelto en todo ese asunto para recuperar a su novio, y ahora descubría que no iba a servir de nada.

Lía pensó en su propio futuro. Encontrar a Keteh Merirí parecía un reto imposible. Y, aunque lo consiguieran, nadie les aseguraba que el demonio retirase la maldición sin más, igual que había pasado con Azi Dahaka. Si la información era cierta, esa criatura podía acabar con toda la humanidad solo con pasearse por el mundo.

Cuando llegaron al apartamento, se acomodó en el sofá. Faustus aún necesitaba descansar, por lo que le cedió su cama. No se podía comparar con el sacrificio que había hecho él, pero esperaba poder compensarle algún día.

«Si sigo viva para entonces.»

El pensamiento fue como una puñalada en el estómago. Chrys, tras ayudar a Faustus a tumbarse, se sentó al lado de Lía y la abrazó. El aroma de su amigo, una mezcla de tierra húmeda y hierbabuena, fue como un bálsamo para sus nervios.

—Pensé que no saldría de esta —confesó con la cabeza apoyada en el hombro de Chrys.

—¿Tú o él?

—Me refería a él, pero sí. Podríamos decir que ambos.

—Es un inmortal, Lía. Aguantamos mucho mejor que las personas normales —contestó Chrys mientras pasaba una mano por la espalda de la chica en un gesto tierno—. Aunque ya sabes que podemos morir. Menos mal que ese demonio no lo decapitó.

—Calla. No quiero ni pensarlo —gruñó ella en voz baja—. ¿Te importa quedarte con él? Necesito dar un paseo.

—Claro. Tómate el tiempo que necesites —respondió Chrys mientras se apartaba—. Llámame si pasa algo, ¿vale?

—Sí, no te preocupes.

Lía le dio un beso en la mejilla antes de salir del apartamento. Comenzó a deambular, sin saber realmente hacia dónde quería ir. Durante unos minutos, se permitió ser una chica normal que caminaba por la calle, pasaba frente a escaparates llenos de ropa y pensaba en cosas mundanas.

Cuando el sol comenzó a descender y notó el aire fresco en la piel, entró en un bar. No estaba lejos de su casa, pero todavía no quería regresar. Necesitaba disfrutar de esa tarde normal. Nada de maldiciones ni demonios perdidos en otra dimensión.

Sus pasos la condujeron a la barra sin mirar al resto de los clientes. El camarero, un joven con aire despistado, le sirvió una jarra de cerveza sin apartar la vista del brazalete. Cuando Lía escondió el brazo bajo la barra, él carraspeó y se marchó a servir a otra persona.

Tras soltar un suspiro lastimero, alzó la jarra y bebió su contenido de golpe. No estaba acostumbrada a tomar alcohol, pero necesitaba olvidar todos sus problemas. Cuando el camarero le sirvió otra cerveza, Lía bebió un poco más lento, pero la bebida no duró más de cinco minutos.

Las señales del alcohol en su cuerpo no tardaron en aparecer. Mientras daba un trago de la tercera jarra, sintió las mejillas acaloradas y la leve modorra que le había entrado las pocas veces que había bebido.

—¿No eres muy joven para ahogar tus penas en alcohol? —preguntó una voz socarrona a su espalda. Lía se giró y alzó una ceja al reconocer a Heram.

—¿Qué haces aquí, adivino?

—Lo mismo podría preguntarte yo —replicó él. Al ver que la chica no reaccionaba a su provocación, desistió—. Estaba tomando algo con unos amigos y te he visto sola —explicó mientras señalaba a un grupo de hombres. En cuanto Lía se fijó en ellos y los vio cotilleando, se giraron y prosiguieron con su conversación.

—Qué suerte tienes —murmuró con una sonrisa triste.

—¿Y eso? —Lía resopló con frustración al ver que Heram lo preguntaba en serio.

—A pesar de tu trabajo, puedes tener una vida normal. Sales con amigos, no tienes una maldición mortal en tu interior... Incluso puedes ligar con chicas sin tener que mentir sobre tu condición sobrenatural.

—Guau. Lía Rashil quiere ser normal. —Heram se sentó en el taburete de al lado y llamó al camarero para pedir dos cervezas—. No necesitas ocultar quién eres realmente para tener una vida... *normal*, como tú dices. Mis amigos saben lo que hago y lo respetan. Es mi trabajo. Pero fuera del horario de oficina también puedo pasármelo bien.

—No has respondido a lo de las chicas.

—Muy aguda. —Heram soltó una carcajada y dio un trago de su cerveza—. En ese aspecto, mi trabajo sí que da problemas. No les hace gracia saber que un desconocido puede descubrir sus secretos si las toca.

—Pues menuda tontería. Si se molestasen en preguntar, sabrían que necesitas concentrarte para usar tu don. Y, con una mujer cerca, estarás más interesado en otras cosas —gruñó ella. Aunque ya empezaba a vocalizar mal, siguió bebiendo.

—Ya, bueno... Nunca he conocido a nadie que me dé la confianza suficiente para contarle mi secreto —explicó él con la mirada puesta en su jarra.

—Lo sobrenatural es una mierda.

—Sí, lo es. Pero también vuelve la vida divertida —dijo Heram. Alzó su bebida y Lía brindó con él—. Además, no creo que una persona normal pueda decir que mató a dos demonios con un pulverizador de agua bendita.

—Siento lo de tu piso, de verdad. Solo estaba buscando un lugar seguro —se disculpó ella.

Desde que había conocido a Heram, habían tenido una relación de colegas muy divertida. Sin embargo, el día que apareció con los demonios supuso el final de su bonita amistad.

—No tienes que disculparte. Mi reacción fue un poco exagerada. Sé que no lo hacías con malas intenciones —respondió él.

—En el fondo, eres buen tío. Si no fuera porque has contestado a lo de las chicas, pensaría que eres gay. Ya sabes, todos los guapos son gais o están casados —se burló Lía.

—¿Piensas que soy guapo? —La voz de Heram sonó demasiado cerca.

Lía se giró y miró al joven, que la observaba con una sonrisa de medio lado. Sí, claro que pensaba que era guapo. Además, era gracioso y siempre se estaban picando entre ellos con buen rollo. Pero ella pertenecía al mundo sobrenatural y él...

«Y él está en medio», pensó.

Siempre lo había catalogado dentro del contexto mágico de Madrid, pero Heram acababa de derribar esa idea. Tenía una vida relativamente normal fuera del trabajo, algo que ella ansiaba con ganas.

No pensó, solo superó los pocos centímetros que los separaban y posó sus labios sobre los de él. Heram se sorprendió, pero no tardó en responder al beso. Fue un momento incómodo, como si fueran dos adolescentes besándose por primera vez.

Cuando se separaron, Lía abrió la boca, pero no supo qué decir.

—Admito que me ha cogido por sorpresa —comenzó él, lo que le provocó un ataque de risa.

—Perdona, lo he hecho sin pensar —respondió Lía mientras se apartaba un mechón de pelo y se lo colocaba detrás de la oreja. El brazalete quedó a la vista y Heram lo señaló con la barbilla.

—¿Cómo va el tema de la maldición?

—Mal. Sabemos quién es su creador, pero no cómo

encontrarlo —contestó Lía antes de dar otro trago a su cerveza.

—El otro día, un cliente me contó una cosa realmente asquerosa —comentó Heram—. ¿Sabías que algunos demonios usan su propia sangre como maldición?

Lía se atragantó y escupió la cerveza que tenía en la boca. Heram se apartó, con un gesto entre divertido y asqueado.

—Heram, repite eso —lo urgió ella.

—¿Lo de que usan su sangre como maldición?

—Eres el mejor, de verdad. —Lía le cogió el rostro con las dos manos y le dio un profundo beso—. Gracias. Muchísimas gracias.

Y salió a toda prisa y con andar tambaleante del bar, y dejó al adivino con expresión confusa y una sonrisa bobalicona en el rostro.

 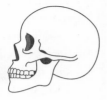

22. FAUSTUS

Los primeros pasos de algo nuevo

Faustus oyó la puerta del apartamento cerrarse, pero no salió de la habitación ni rastreó el aura para ver quién se había ido o llegado. Gracias a su condición de inmortal, en un par de días estaría como nuevo físicamente, pero el dolor emocional que sufría no parecía dispuesto a remitir.

Se tumbó de medio lado y observó la habitación de Lía. La personalidad de la cazadora estaba presente en cada detalle que veía, desde la camiseta de tirantes rosa tirada en el suelo hasta el cargador de pistola sobre el aparador. Parecía el dormitorio de una chica pija con tendencia al asesinato.

Recordó cómo lo había mirado cuando Roderick había expuesto su error en la búsqueda. La pena que vio en los ojos de Lía era real. Pensó en lo que Chrys le había dicho horas antes: no estaba solo, por muy oscuro que lo viera todo.

Se giró cuando alguien llamó a la puerta. La cabeza del *dullahan* apareció en el umbral con gesto indeciso.

—No sé si quieres seguir descansando o no, pero voy a preparar una lasaña vegetal. ¿Te apetece... cenar conmigo? —preguntó sin atreverse a levantar la mirada.

—Eh… Claro, sí. ¿Podría darme una ducha antes? Siento que aún apesto a demonio.

—Por supuesto. Puedes usar el baño de Lía o el mío. Ahora te traigo algo de ropa. Imagino que querrás cambiarte —respondió el otro apresuradamente.

—Algo que no sea tan aburrido como la ropa que me dabais en Mementos —contestó con sorna. Chrys se rio a la vez que negaba con la cabeza.

Faustus se incorporó con cuidado. Notaba tirante la piel del abdomen y le molestaba al tacto, pero ya no era un dolor agónico, más bien como tener un moratón. Dio gracias a su padrino por la protección y salió al salón. Oía a Chrys revolver detrás de una puerta medio abierta, seguramente la entrada de su habitación. Esperó incómodo a que el hada saliera y cogió el chándal y la camiseta que traía.

—Mi baño es este de aquí. —Chrys entró de nuevo en su cuarto y señaló el pequeño aseo anexo—. Hay un juego de toallas limpio, gel, champú, acondicionador…

—Gracias, Chrys —lo interrumpió Faustus. El *dullahan* había empezado a hablar de manera atropellada y prefería ahorrarle el mal trago—. No tardo nada.

—Sin prisa, tranquilo. —El otro se quedó un segundo callado antes de señalar la cocina—. Voy a ponerme con la cena. Si necesitas cualquier cosa…

—Te llamo, descuida —respondió el nigromante con una sonrisa leve. Chrys cambiaba mucho cuando no estaba en su lugar de trabajo.

En la cocina solo se escuchaba el sonido de los tenedores rascando en los platos mientras devoraban la lasaña de verduras. Chrys no tuvo problema en confesar que era congelada. El trabajo en Mementos les ocupaba mucho tiempo, por lo que ni él ni Lía se esforzaban en aprender a cocinar.

Mientras rebañaba su plato con un trozo de pan, Faustus no pudo evitar oler de nuevo el aroma que despedía la camiseta que llevaba. Era una mezcla de suavizante y tierra húmeda, como de cementerio, una señal inequívoca de la condición de *dullahan* de Chrys. Siempre había oído que el olor de las hadas cambiaba según su estado de ánimo, pero en todo momento había un toque característico que nunca desaparecía.

«He de admitir que se siente familiar», pensó antes de ruborizarse.

Un cosquilleo en el tobillo le hizo bajar la mirada. El novato, alojado en forma de tatuaje fluctuante, había reaccionado a su pensamiento.

—¿Estás bien? —preguntó Chrys con la cabeza levemente inclinada.

—Sí, perdona. El novato está revuelto —contestó.

—¿Por qué lo llamas así? ¿No tiene nombre?

—Es una tradición que tengo —explicó Faustus mientras dejaba que el niño se despegara de él y tomase forma a su lado. Posó una mano en su cabeza y revolvió su cabello de oscuridad—. El último fantasma que se une a las filas se llama así hasta que llega el siguiente.

—¿Cómo lo reclutaste? Y dime que no lo mataste, por favor —suplicó el *dullahan* con tono de broma.

—¡Claro que no! —exclamó Faustus con indignación—. No mato a inocentes. La verdad es que… fue de casualidad. Yussu y yo estábamos… —Se quedó en silencio al pensar en el naga. Cerró un segundo los ojos para intentar apartar el dolor punzante que sentía en el pecho—. Estábamos huyendo de un par de sicarios de su padre.

—No tienes que seguir si no quieres. Siento haber preguntado —se disculpó Chrys.

—No pasa nada —negó el nigromante—. La cosa es que tenían a un piromante entre ellos. Nos lanzó una bola de fuego y la esquivamos de milagro, pero la pared a nuestra espalda explotó. Era la parte trasera de un bloque de viviendas. Imagino que el niño vivía allí con su familia, porque su fantasma apareció entre los cascotes y…

—No pudiste dejarlo ahí.

—Básicamente —admitió Faustus—. Cuando un alma se queda pululando en el mundo humano, termina corrompiéndose si nadie la ayuda. No quería que este pequeño se convirtiera en un diablillo o en un *poltergeist* furioso.

—¿Cuántos fantasmas forman tu hueste ahora mismo?

—Pues… —Faustus cerró los ojos un segundo e hizo un conteo mental rápido—. Cuarenta y nueve en total. Aunque espero poder deshacerme de tres en las siguientes ofrendas.

—¿Sicarios?

—Sí. Se merecen lo que les haga Papa Legba.

Volvieron a quedarse en silencio, con el novato revoloteando por el salón en forma de diminuta nube de oscuridad. Chrys sacó una tarrina de helado del congelador y la colocó en la mesa con dos cucharillas. Faustus no pudo más que asentir al descubrir que era de vainilla con platanitos de chocolate. Su anfitrión tenía buen gusto.

—¿Quieres hablar de…, ya sabes? —comenzó Chrys mientras cogía un poco de helado con su cucharilla.

—No lo sé, la verdad. Y no creo que sea un plato de buen gusto para ti.

Faustus miró al *dullahan* a la cara. Los ojos verdes de Chrys se posaron en los suyos antes de regresar a la tarrina. Una sonrisa triste acudió a los labios del nigromante. Lo último que quería era lamentarse por su novio muerto delante de un chico que sentía algo por él.

—Ya lo hemos hablado —respondió Chrys con la boca llena de helado—. Somos amigos. Y sé que te vendrá bien desahogarte con alguien.

—No sé qué hacer, si te soy sincero. —Faustus se llevó una cucharada a la boca y saboreó unos segundos el helado—. Si el hecho de no acordarme de Yussu ya era lo bastante doloroso, ahora es peor. Estoy en el punto de partida. Y no creo que él quisiera que me pasase toda la vida buscando posibles objetos mágicos con los que poder revivirlo.

—Si yo fuera él, tampoco lo querría —murmuró Chrys.

—¿Lo dices para ayudarme o para eliminar a la competencia? —preguntó Faustus en tono burlón.

—No seas cruel —respondió el *dullahan* con media sonrisa—. Lo digo en serio. Si yo estuviera en su lugar, querría que fueses feliz. Ya sé que es doloroso perder a alguien, pero no creo que sea bueno dejar de lado todo lo demás para embarcarte en una búsqueda desesperada que no sabes cuándo terminará.

—Necesito tiempo para organizar de nuevo mi vida. De momento, centrémonos en ayudar a Lía. Tiene que haber una forma de invocar a Keteh Merirí, pero no consigo ver cómo.

—Sin algún resto de él, es imposible. Y el viaje a su dimensión está descartado por completo. —Chrys recogió los restos de la cena y señaló el sofá—. ¿Te apetece ver una peli o algo mientras esperamos a que Lía vuelva? Espero que no tarde mucho.

—Sí, claro.

Cuando Faustus se sentó, reprimió un gesto de molestia. Las heridas del abdomen, ya cerradas, aún le picaban mientras terminaban de curarse por completo. Chrys le vio pasarse una mano por la zona, pero no dijo nada y encendió la televisión.

La distancia entre los dos era notoria. El *dullahan* se había sentado en el otro extremo del sofá, lo más lejos posible de Faustus. Este entendía la incomodidad de su compañero, pero tampoco quería que desde ese momento todo fuera así.

—Chrys, no muerdo —soltó. Su tono sonó un poco borde, pero no se disculpó.

—Perdona… —El *dullahan* bajó la mirada, visiblemente culpable—. Es solo que… no sé cómo darte espacio sin parecer muy distante o demasiado cercano. No estoy acostumbrado a que me… guste alguien —dijo al final.

—Espera. ¿Me estás diciendo que eres…?

—¡No! Claro que no soy virgen. —Chrys soltó una carcajada, más tranquilo—. Simplemente nunca he encontrado a la persona adecuada para algo serio.

Faustus se acercó a él y apoyó la cabeza en el hombro del *dullahan*. Este se quedó rígido en el sitio, con los brazos pegados al cuerpo y sin atreverse a mover un dedo.

—Tu brazo me molesta. Pásamelo por los hombros, anda —murmuró Faustus desde su posición. Chrys obedeció sin decir nada—. Somos amigos. Pero quizá en un tiempo, cuando todo esto pase, podamos conocernos un poco más, ¿vale? Solo te pido eso. Tiempo.

—Lo entiendo —respondió el *dullahan*.

Faustus se quedó mirando la pantalla del televisor, pero el cansancio y el estómago lleno estaban haciendo mella en sus intentos de mantenerse despierto. El brazo de Chrys, la sensación de estar arropado y a salvo, era algo que necesitaba en esos momentos. Cerró los ojos durante lo que le pareció un minuto. Cuando la puerta del apartamento se abrió de golpe, descubrió que se había quedado dormido durante dos horas.

—¡Ya sé cómo invocarlo! —exclamó Lía desde la entrada.

Los dos chicos la miraron, sorprendidos. Aún había esperanzas.

23. LÍA

Rituales demoníacos para amas de casa

L ía no hizo comentario alguno sobre el hecho de haber encontrado a sus compañeros abrazados en el sofá. Una vocecilla en su cabeza le gritaba que eso era genial, que al fin Chrys iba a dejar de llorar por las esquinas porque se sentía poco amado, pero su cerebro solo podía pensar en la conversación con Heram, beso aparte.

No quiso esperar a la mañana siguiente. Cuanto antes empezaran los preparativos, más tiempo tendrían en caso de que el demonio les pidiese algún precio a pagar para disolver la maldición.

Roderick no tardó en coger el teléfono y los convocó al momento a su despacho. La mujer se había quedado en la base a pasar la noche para investigar sobre cómo invocar a un demonio sin poseer nada de él. Lía se permitió sonreír. Sí que tenían algo.

En cuanto llegaron al despacho, Lía se acercó a paso raudo al escritorio y miró esperanzada a Roderick.

—Ya sé qué podemos usar para invocarlo. Heram me ha dicho que algunos demonios usan su propia sangre como ingrediente principal de sus maldiciones. Si eso es verdad, bastaría con que yo diera la mía, que contiene la maldición, para poder invocar a Keteh Merirí —explicó a toda prisa.

—¿Por qué apestas a alcohol? —replicó Roderick.

—¡Eso no importa ahora!

—Vale. Pero tampoco sabemos seguro si tu plan funcionará con él. Tú misma has dicho que lo hacen *algunos* demonios —rebatió.

—No perdemos nada por intentarlo. Si funciona, estaremos un paso más cerca de salvarme. —El tono de súplica caló en la mujer, que asintió lentamente con un suspiro—. Va a salir bien.

—De acuerdo. Marta. —La aludida asomó la cabeza por la habitación lateral. Su enredadera se deslizó entre sus piernas y se acercó a Lía—. Necesitamos sal para dibujar el círculo de invocación. Y una sala grande.

—Creo que hay un paquete en la cocina de Administración —respondió la bruja.

Cuando la enredadera rozó la pierna de Lía y comenzó a ronronear, la chica se apartó bruscamente.

—Quita, traidora —la riñó con el mismo tono que habría usado con una mascota que se hubiera portado mal.

La planta, como un perro guardián, era la que había informado a Marta, y, por tanto, a Roderick, de la presencia de los tres jóvenes la noche que se habían infiltrado en la prisión mágica.

Roderick se puso en pie y ordenó a todos que la siguieran. Si de día Mementos era todo actividad y gente por los pasillos, de noche parecía una empresa fantasma. Las luces se encendían cuando pasaban por debajo de los sensores y se escuchaban rugidos y ruidos extraños procedentes de las celdas.

Marta se alejó del grupo cuando pasaron por la zona de Administración y regresó unos minutos después con el paquete de sal. Chrys puso cara de repulsión y dio dos pasos atrás, de modo que chocó contra Faustus, que lo sujetó por los hombros. El intercambio de miradas entre ellos no le pasó desapercibido a Lía, que sonrió levemente.

—Faustus. —La voz de Roderick hizo que el nigromante diera un pequeño salto—. Me gustaría hablar contigo cuando todo esto acabe. Has mostrado ser digno de confianza y creo que no nos vendría mal tener a otro agente en nuestras filas. Contamos con muy pocos nigromantes, además.

—Sí, claro… —murmuró él, cohibido.

La mujer los guio hasta una de las grandes salas de entrenamiento que usaban los agentes. Se parecía a un pabellón polideportivo, pero las paredes estaban llenas de armas y equipamiento especial contra criaturas sobrenaturales. Lía había pasado muchas horas allí antes de graduarse.

Marta comenzó a dibujar el círculo siguiendo las indicaciones de Chrys, que trataba de evitar el contacto con la sal. Lía, un poco mareada por el alcohol, se sentó en una colchoneta y esperó a que terminaran. Faustus, de pie a su lado, estaba en silencio.

—Entonces, ¿Chrys y tú…?

—No ha pasado nada, Lía —respondió él, tajante—. Solo hemos hablado.

—Ya.

El nigromante volvió a quedarse en silencio, pero Roderick no tardó en acercarse a ellos con cara de circunstancias. La mujer miró primero a Faustus con ojos calculadores y después a Lía.

—Vale. Creo que lo que voy a pedir es un poco… improvisado, pero no tenemos tiempo que perder. ¿Alguno de tus fantasmas puede convertirse en algo afilado?

—Lenalee puede adoptar la forma de un cuchillo. ¿Sirve?

—Perfecto. Lía, no te importa hacerte un pequeño corte, ¿no? —preguntó Roderick, aunque su tono era más autoritario que interrogativo.

—Ya sabes que no —respondió ella, y se encogió de hombros.

—Esto ya está —gritó Chrys a sus espaldas.

Faustus ayudó a Lía a levantarse y se acercaron al círculo de invocación. La chica se quedó fascinada al observar el patrón dibujado en el suelo. Eran muchos círculos concéntricos rellenos de símbolos antiguos que no conocía.

—¿Qué significa ese dibujo? Se repite mucho —preguntó mientras señalaba uno de los símbolos más cercanos al centro.

—Es «demonio» en hebreo —respondió Faustus con la misma mirada de asombro ante el círculo.

—Será mejor que comencemos. Lía, intenta no borrar ningún símbolo con la sangre —indicó Roderick.

Tras coger a Lenalee, Lía se acercó al círculo y se hizo un corte profundo en la palma de la mano izquierda. Supuso que, cuanto más cerca del brazalete, mejor. Apretó el puño para soportar el molesto dolor y dejó que varias gotas cayeran entre los símbolos de sal. Esperaba que estos burbujearan y todo emitiese luz, pero se llevó una decepción.

—Suficiente. —Roderick posó una mano en su hombro y la echó para atrás con delicadeza, donde Chrys ya tenía una venda lista—. Yo, Alyson Roderick, invoco a Keteh Meriri, Señor del Mediodía y de los Calurosos Veranos, aquel que habitó el desierto de Judea, encarnación de las maldiciones y el veneno, gobernante del mediodía, cuyo reino se halla entre la luz y la sombra. Te invoco para que cumplas mi voluntad. *Release.*

El círculo se iluminó con una luz morada, tan oscura que parecía negra. Lía sintió que su herida burbujeaba y que la temperatura de la sala disminuía varios grados. Una niebla helada se extendió a su alrededor y cubrió todo el suelo en cuestión de segundos.

Una inmensa sombra surgió dentro del círculo y Lía cayó de rodillas, temblando. La oscuridad que emanaba de esa criatura era poderosa, aterradora. La sala entera vibró ante la poderosa presencia del ser. Faustus, a su lado, posó una mano en su hombro en un gesto vano de consolarla, pero sus dedos también temblaban. El demonio de la prisión era una hormiga comparado con la deidad demoníaca que se alzaba ante ellos.

—¿Quién osa invocar al gran Meriri? —rugió la criatura. Su voz era una mezcla de muchas, cada cual más perturbadora.

Cuando la niebla que lo ocultaba desapareció, Lía ahogó un chillido de terror. La criatura que se hallaba ante ellos debía medir más de tres metros. Su cuerpo, extrañamente parecido al de un humano, estaba cubierto de escamas, pelo y ojos. Cientos de ojos. De todos los tamaños y colores, parpadeando de forma discordante. La chica veía pupilas en su rostro, desprovisto de boca, nariz y orejas, en su torso, en sus piernas y en sus brazos. Tenía ojos incluso... *ahí*. Sin embargo, todos estaban velados, como si no pudieran ver.

—Keteh Merirí. Mi nombre es Alyson Roderick, jefa de Mementos en la comunidad de Madrid, España. Te he invocado para que retires tu maldición de mi subordinada, Draculia Rhasil, aquí presente. —La mujer señaló a Lía, que no era capaz de incorporarse—. Si no lo haces, no regresarás a tu dimensión.

—Ninguna criatura terrenal puede contenerme, dragona. Y, sí, huelo mi esencia dentro de la joven. —Todos los ojos del demonio buscaron desesperados a Lía, pero ninguno parecía ser capaz de verla—. También percibo otra cosa... —Los globos oculares recorrieron la sala con movimientos frenéticos—. Ah... Un pacto de sangre. Y su portador está aquí.

Su cuerpo se giró levemente y miró a Faustus, que temblaba como una hoja arrastrada por la brisa al lado de Lía. El nigromante se retiró el flequillo blanquecino de la frente, perlada de sudor, y tragó saliva sonoramente.

—Retira tu maldición y serás enviado de vuelta. Tienes la obligación de obedecer, pues has sido invocado —replicó Roderick. Incluso su voz sonaba menos firme de lo normal.

«Si ella está asustada, estamos realmente en peligro.»

—Me temo que no es tan sencillo, dragona. Si la chica quiere vivir, ha de ganarse el derecho. Déjame verla mejor.

Lo que ocurrió a continuación pobló las pesadillas de Lía durante mucho tiempo. Keteh Merirí alzó una de sus manos y clavó la afilada uña del dedo índice en el ojo situado sobre su pecho. La cuenca se revolucionó y el ojo miró en todas direcciones mientras la carne se abría y supuraba un líquido negro que apestaba a muerte.

Cuando la hendidura fue más larga que una mano, Keteh Merirí tiró de ambos extremos y Lía vomitó. En cuanto consiguió reponerse de la imagen que tenía ante ella, se atrevió a mirar de nuevo. Dentro de la herida, visible entre el icor demoníaco y trozos de carne, había un corazón. Lo peor era que, sobre él, había un ojo que la observaba fijamente.

—Puedo ver tu interior, criatura efímera —susurró el demonio en su mente—. Supera tres pruebas en los cuatro días de vida que te quedan y serás perdonada —dijo de nuevo en voz alta—. Si no lo consigues, mi maldición acabará contigo.

—¿Tres pruebas? ¿Qué tipo de...?

—Como soy un ser benevolente, colocaré la entrada de cada una de ellas en tu ciudad. Bajo la luz del mediodía, su ubicación se revelará si te hallas en el lugar correcto.

—¡No es justo! Lía no tiene que demostrar nada. Es culpa tuya que la maldición esté en la Tierra —gritó Chrys. Se acercó a su amiga y la abrazó. Lía sintió cómo el cuerpo del *dullahan* temblaba tanto como el suyo.

—Solo la chica y su pactante de sangre podrán entrar en la prueba —prosiguió Keteh Merirí, que ignoró a Chrys—. «Por su orgullo cae arrojado del cielo con toda su hueste de ángeles rebeldes para no volver a él jamás. Agita en derredor sus miradas y, blasfemo, las fija en el empíreo, y se reflejan en ellas el dolor más hondo, la consternación más grande, la soberbia más funesta y el odio más obstinado» —recitó con sus múltiples voces.

No hubo tiempo de réplicas. La niebla se arremolinó alrededor de la criatura y, un segundo después, desapareció.

La temperatura volvió a subir y las luces, cuya intensidad había disminuido ante la presencia del demonio, regresaron a la normalidad. Todos se quedaron inmóviles, asimilando lo que acababa de pasar. Lía tragó saliva. Tenía cuatro días para superar tres pruebas.

Si no lo lograba, moriría.

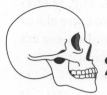 # 24. FAUSTUS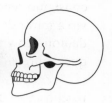

El secreto
del ángel caído

No tardaron en abandonar la sala de entrenamiento para alejarse lo máximo posible del ambiente frío y siniestro que aún sentían a su alrededor. Faustus se estremeció al recordar cómo el demonio había abierto su propio pecho para dejar a la vista su corazón. Ahí estaba el único ojo por el que parecía ver, que se había posado en Lía y, durante una milésima de segundo, en él.

El apartamento los recibió con una sensación de calma y seguridad acogedora. Roderick, la única que no mostraba abiertamente su miedo, se sentó en el sofá, clavó los codos en las rodillas y apoyó la cabeza en las manos con pose pensativa.

Mientras Marta rebuscaba entre los armarios de la cocina, Chrys se sentó en uno de los taburetes de la barra americana y comenzó a teclear a toda velocidad en su móvil. Lía, al igual que Faustus, se quedó de pie en la entrada, sin saber qué hacer.

—Parece que no se va a acabar nunca —musitó él con abatimiento.

—Pero estamos avanzando. Hace unas horas ni siquiera contábamos con poder invocar a esa criatura. Ahora debemos seguir y ganar —respondió Lía, aunque su tono firme no sonaba demasiado confiado.

—Tengo algo —anunció Chrys desde su posición—. El verso que nos ha dado forma parte del primer canto de *El paraíso perdido*, de John Milton.

—¿Hay algún lugar inspirado en él o que guarde relación con lo que describe? —preguntó Roderick.

—Sigo buscando. Dadme unos minutos.

El *dullahan* regresó a su labor y los demás esperaron, impacientes. Faustus, harto de estar de pie sin saber qué hacer, se acercó a Marta y sacó cinco tazas de la alacena mientras la mujer hervía el agua. Miró asombrado cómo la bruja, con un rápido gesto de manos, hacía aparecer de la nada varias hojas aromáticas.

—Mi madre tenía una botica cuando yo era niña. Siempre me han gustado las plantas y tengo un don especial para saber mezclarlas —explicó ella sin apartar la mirada de su creación—. Hace más de trescientos años, cuando yo tenía diez, un brujo errante llegó a nuestra aldea. Vio en mí un gran potencial para la magia y pagó a mis padres para convertirme en su aprendiz. A los dieciocho, me consagré a Deméter.

—La diosa griega de la agricultura, ¿verdad?

—Así es —confirmó Marta con un asentimiento de aprobación—. Es la diosa de los campos verdes, del ciclo vital y del matrimonio. La llamaban la «portadora de las estaciones». ¿Conoces la historia de su hija?

—¿Perséfone? —La mujer asintió—. Por encima. Sé que Hades la raptó, ella comió semillas de granada y, cuando Deméter trató de sacarla del Inframundo, descubrió que su hija debía regresar durante tantos meses al año como semillas había comido.

—Es un buen resumen. Mientras me formaba y buscaba a una deidad que me apadrinase, encontré la historia de Deméter. Pensé en mis padres, que en cierta manera habían perdido también a una hija. Y decidí que quería rellenar ese vacío que dejó Perséfone.

—Es muy bonito —respondió Faustus, que no sabía muy bien qué decir.

—Cada brujo tiene sus motivos para elegir a un padrino o a una madrina, pero no somos su reflejo. Aunque el tuyo sea un dios oscuro, has demostrado ser un buen chico. Y me alegro de que Lía cuente contigo a su lado.

—Gracias. Yo...

—¡Ya sé dónde será la prueba! —exclamó Chrys, que lo salvó de una situación realmente incómoda—. Se trata de la fuente del Ángel Caído, el del Retiro. La escultura está basada en el canto.

—Entonces tenemos que estar allí al mediodía y veremos aparecer la entrada a la prueba, ¿no? —preguntó Lía.

—Según las instrucciones de Keteh Meriri, sí —respondió Roderick—. Será mejor que comamos algo y vayamos a inspeccionar el terreno. Ya casi son las siete de la mañana.

—¿Qué pasará si no encontramos antes del mediodía la entrada de cada prueba? —La pregunta de Chrys era una duda que parecían tener todos.

—Que perderemos un día de los cuatro que tiene Lía para superarlas —sentenció Marta con tono grave.

Faustus la ayudó a repartir las tazas de té y Lía cogió unos paquetes de galletas de la alacena. Ninguno parecía tener hambre tras el ritual de invocación, pero debían recuperar fuerzas. No conocían la naturaleza de las pruebas, por lo que debían estar preparados para cualquier tipo de desafío.

Tras descansar unas pocas horas, la fuente del Ángel Caído los recibió bajo los rayos de sol matinales. Faustus se acercó al parterre que bordeaba la construcción y echó un rápido vistazo desde su posición al agua, que lanzaba pequeños destellos al reflejarse en ella la luz solar.

Había caminado muchas veces por allí con Yussu, por lo que conocía la estatua, y, aun así, en ese momento se le antojaba extraña. Nunca pensó que esa fuente pudiera ser tan importante en algún momento de su vida.

Escuchó a Lía colocarse a su lado y la vio apoyando un pie en el pequeño enrejado que rodeaba el parterre y la fuente. La chica buscaba con la mirada cualquier detalle o pista sobre la entrada a la prueba, pero ambos sabían que no iban a encontrar nada hasta que no llegase el mediodía.

Faustus miró de nuevo la fuente. Debía su nombre a la estatua que coronaba la construcción. Se trataba de un ángel que miraba al cielo, en posición de caída y con un grito petrificado en su rostro. Varias serpientes le agarraban piernas y los brazos contra una piedra para aprisionarlo.

Había más criaturas en los surtidores de agua, y en todos había la figura de un diablillo, ocho en total, que sujetaban reptiles y peces de los que brotaba el agua. Era una imagen grotesca y, a la vez, triste. El nigromante no pudo evitar pensar en la prisión mágica.

Pasearon una hora entera por los alrededores de la glorieta que formaba la fuente, perdidos en sus pensamientos mientras buscaban algo sospechoso. Roderick y Marta habían regresado a Mementos, pero Chrys estaba allí con ellos, sentado en un banco y con los ojos puestos en el móvil. Según le había explicado a Faustus, estaba infiltrándose en las cámaras de seguridad cercanas para tratar de buscar picos de magia extraños.

Cuando apenas faltaban dos minutos para las doce del mediodía, Chrys se incorporó abruptamente y corrió hacia los dos jóvenes, que se habían sentado en el suelo junto al enrejado.

—Algo raro pasa en la fuente. En el agua, quiero decir. —Les mostró la pantalla del móvil, que mostraba una especie de visión infrarroja de la estructura. El agua, de un color verde apagado, tenía brillos naranjas que indicaban la presencia de magia—. Tiene que ser eso.

Lía y Faustus se levantaron rápido y traspasaron el

enrejado. Pisaron las flores sin cuidado y se acercaron veloces al pilón de la fuente. En cuanto se asomaron por el borde, los dos soltaron un aspaviento.

El agua era de un brillo negruzco, semejante al humo que había surgido durante la invocación de Keteh Merirí. Faustus tragó saliva y acercó una mano titubeante a la superficie. Sus dedos desaparecieron en el oscuro líquido.

—Parece un portal —acertó a decir. Miró a Lía, que no parecía muy convencida—. Tenemos que entrar.

—No nos queda otra. —La chica se giró hacia Chrys—. Vamos a meternos ahí. Espéranos.

—Id con cuidado, por favor —suplicó el *dullahan*.

Sus compañeros asintieron antes de sentarse en el borde del pilón y meter los pies dentro de la fuente. Faustus cogió aire y se lanzó a la oscuridad. No había vuelta atrás.

Cuando el líquido lo cubrió por completo, sintió que su cuerpo era absorbido hacia las profundidades. No se atrevía a abrir los ojos ni a respirar, a pesar de la fuerte presión que sentía en los pulmones.

Segundos más tarde, sus piernas tocaron una superficie dura. Intentó ponerse de pie dentro del líquido, que era más espeso que el agua. Abrió los ojos y soltó casi por completo el aire que había estado conteniendo.

«¿Cómo es posible?», pensó mientras miraba a su alrededor.

Entre la densa oscuridad reconoció la silueta de Lía a su lado y una sala circular de piedra. Las paredes eran idénticas a las de la prisión mágica, a pesar de que no reconocía esa estancia.

Sintió la fuerza de la gravedad cuando el líquido que los cubría empezó a bajar, como si alguien hubiera quitado el tapón de una piscina y el agua escapase por el agujero. Cogió aire profundamente cuando su cabeza dejó de estar sumergida. No pudo más que sorprenderse al darse cuenta de que su ropa no estaba ni un poco mojada.

—¿Esto es...? —preguntó Lía con la voz ahogada—. No puede ser.

—¡Que comience la primera prueba! —Los dos jóvenes se estremecieron al escuchar la cacofonía de voces de Keteh Merirí. Miraron a su alrededor desesperados, pero no se veía al demonio por ningún lado—. Enfréntate a tu miedo.

Una nube de oscuridad apareció frente a ellos. Tenía forma de pelota gigante, de casi tres metros de altura, y estaba formaba por un amasijo de sombras que se revolvían alrededor de lo que había en su interior.

Una afilada garra cortó la superficie y comenzó a desgarrarla lentamente. Cuando el envoltorio de oscuridad se desintegró, Faustus sintió que toda la sangre abandonaba su rostro.

Ante ellos, estirando sus extremidades con un gruñido aterrador, se encontraba el demonio de la prisión.

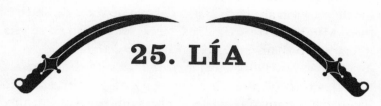

25. LÍA

Las pesadillas vuelven con ganas de más

Lía retrocedió hasta que su espalda chocó contra la pared de piedra. No podía ser verdad. Habían escapado de ese demonio por los pelos. Si su prueba era acabar con él, ya se podían dar por muertos.

La criatura soltó uno de sus chillidos de pesadilla y Lía se encogió por dentro. Sabía cómo funcionaba la táctica de ese ser. Primero la asustaría y después atacaría cuando ella estuviera indefensa.

Buscó con una mano sus cuchillas curvas, que había decidido llevar con ella. Cuando las sacó de su funda y cerró los dedos alrededor de las empuñaduras, una pizca de seguridad regresó. Iba a demostrarle que no era una chica asustadiza. Era una agente de Mementos, una cazadora que se había enfrentado a numerosos demonios y seguía con vida.

—Faustus —el aludido se giró al escuchar su nombre—, tenemos que acabar con él. No hay otra opción. Si no podemos superar la prueba, da igual morir ahora que en cuatro días. Somos dos contra uno y sabemos luchar. Es hora de dejar de huir. Hagámoslo.

—Eso es lo que quería escuchar —respondió el nigromante con una sonrisa—. Ya conoces a Lenalee y al novato. Voy a presentarte a otra de mis ayudantes favoritas. ¡Petra!

Uno de los tatuajes de su bíceps derecho se elevó en el aire y comenzó a alargarse. Lía observó sorprendida cómo la masa de oscuridad iba tomando forma hasta alojarse entre los dedos de  Faustus. El chico adelantó un pie y se puso en posición de ataque enarbolando una increíble guadaña de oscuridad.

—¿Y no la has usado hasta ahora? —se quejó Lía.

—Es que es un poco rebelde y no siempre quiere colaborar —replicó él. Las sombras que formaban la guadaña titilaron, como si le diesen la razón.

—Tienes que presentarme a todos tus fantasmas un día. Algunos molan mucho —pidió mientras se colocaba a su lado con las hojas curvas listas.

—Primero matemos a este demonio —finalizó él antes de atacar.

El demonio, que había permanecido quieto todo el rato, comenzó a moverse en cuanto ellos arremetieron, como si hubiera estado esperando el pistoletazo de salida. Detuvo la guadaña de Faustus con uno de sus brazos y con el otro desvió un corte de Lía. La chica aprovechó la mano libre para cortar el saco que formaba su cuerpo.

Del tejido roto manó un hilillo de sangre negra, pero la criatura se sacudió y los dos jóvenes tuvieron que retroceder.

Con una de las garras trató de cortar la garganta a Lía, que logró echarse para atrás. Sintió el aire silbando junto a su cuello, a escasos centímetros de la piel.

—¿Estás bien? —preguntó Faustus sin perder de vista al demonio.

—Sí. Será mejor que seamos más precavidos. Un zarpazo y estaremos jodidos —respondió ella.

—Tenemos que arrinconarlo o encontrar una forma de reducir sus movimientos.

—Hasta entonces, sigue atacando —terminó Lía antes de abalanzarse de nuevo contra el demonio.

Detuvo una de sus garras con la hoja izquierda, agachó la cabeza cuando el otro brazo se dirigió a su rostro y cortó la extremidad a la altura del codo con la otra hoja. El líquido negro le empapó la cara y retrocedió, cegada.

—¡Lía!

La cazadora sintió que algo impactaba contra ella y cayó al suelo. Faustus, que estaba tumbado encima, se apartó y la ayudó a alejarse de la criatura.

—Necesito quitarme esto —dijo mientras se apartaba el oscuro líquido de los ojos.

—Casi te decapita con una de sus piernas. No pensé que una cosa tan bulbosa pudiera ser así de ágil —comentó Faustus.

Lía se apartó el icor demoníaco tan bien como pudo y parpadeó. Sentía las pestañas pegajosas y el asqueroso olor del fluido impregnaba sus fosas nasales. Al menos ahora podía ver, porque era imposible defenderse si no...

—¡Lo tengo! —exclamó—. Faustus, necesito que llenes todo esto de tus fantasmas.

—¿A qué te refieres?

—Oscuridad. Que esa cosa no pueda vernos —explicó Lía mientras ideaba su estrategia.

Faustus asintió y extendió los brazos hacia los lados. Un segundo después, sus tatuajes salieron volando en todas direcciones, se extendieron y cubrieron la caverna en su totalidad. El demonio rugió a los espíritus e intentó atravesarlos con las garras, pero estos lo esquivaban y se mantenían a una distancia segura.

Lía cogió aire profundamente. A diferencia de sus características físicas como híbrida de vampiro, que eran algo innato en ella y que hacía sin pensar, el caminar entre las sombras la agotaba físicamente y aumentaba su sed de sangre. No podía estar mucho tiempo en su interior sin poner en peligro la vida de Faustus.

Cuando creyó que los fantasmas se habían extendido lo suficiente y habían cubierto la estancia de sombras densas y retorcidas, entró. Su cuerpo se fundió en esa oscuridad en movimiento y se deslizó como si de un espectro más se tratara. Podía percibir todo lo que estaba cubierto por los fantasmas, cuyo interés en ella era palpable. Lía representaba a un invitado misterioso y, a la vez, conocido. Sacó medio cuerpo justo detrás del demonio y le asestó un potente tajo con la cuchilla curva que abrió un largo desgarrón en lo que supuso que era el hombro de la criatura.

El chillido de dolor y rabia acompañó a Lía hasta el interior de la oscuridad. Entre las sombras el sonido se escuchó amortiguado, como si la chica se hubiera sumergido en el agua. Un pinchazo en la garganta casi le hizo perder el control de su poder. La sed comenzaba a aparecer, así como la sensación de que sus colmillos se estaban afilando.

Salió de las sombras cerca de Faustus, se agachó y apoyó las manos en las rodillas para recuperar el aliento. Un sudor frío descendía por su espalda, a pesar de notar un ardor atroz, casi febril, en su interior.

—¿Te encuentras bien? No tienes buena cara —preguntó el nigromante con tono preocupado.

—Hay que acabar rápido con él. No puedo estar ahí dentro mucho más tiempo.

—¿Cuál es el punto débil de los demonios que no están en un cuerpo humano? —Faustus miró a la criatura, que se revolvía furiosa entre los fantasmas. La herida del hombro le impedía mover con facilidad el brazo herido.

—¡No lo sé! —estalló Lía. La sed la estaba volviendo

irascible por momentos. Debía controlarse—. Nunca me he enfrentado a un demonio con su propio cuerpo. Quizá si lo decapitamos podremos acabar con él.

—De acuerdo. Tú distráelo —ordenó Faustus mientras sujetaba firmemente la guadaña—. Yo me encargo de la cirugía.

—No sé cómo puedes bromear en estos momentos —murmuró ella antes de regresar a la oscuridad.

El demonio ya esperaba un ataque como el anterior, por lo que Lía se dedicó a salir por diversos puntos para enfadarlo. Necesitaba abrir un espacio entre sus zarpazos para que Faustus interviniera.

Apareció a pocos centímetros del suelo y golpeó en el tobillo de la criatura, o al menos a la zona que separaba las garras del resto de la extremidad. El demonio cayó de rodillas y trató se sujetarse a ella, pero Lía ya había regresado a las sombras y se alejaba veloz.

Cuando reapareció a varios metros de él, vio cómo Faustus enarbolaba la guadaña con un grito de furia. La hoja cortó el aire, incluso la oscura niebla de los fantasmas, y cercenó la cabeza de saco del demonio. Lía comenzaba a sonreír, victoriosa, cuando un tentáculo de oscuridad surgió del cuello de la criatura, golpeó a Faustus y lo lanzó por los aires.

—Mierda... —susurró. En ese momento comprendió a qué se enfrentaban. Había reconocido ese tipo de tentáculo de un antiguo caso. Corrió hacia Faustus, que gimió al incorporarse. Uno de sus brazos colgaba inerte a un lado y el otro sujetaba la guadaña con dificultad—. Es un demonio parásito.

—¿Y eso qué significa? —gruñó él.

—Que en su interior hay un ser débil y ahora desprotegido que hay que matar —explicó Lía—. ¿Tus fantasmas pueden entrar por el cuello y atacar?

—Dalo por hecho —contestó con una sonrisa torcida.

Toda la oscuridad de la sala se estremeció. Los vaivenes de las sombras se detuvieron, congeladas en el aire, antes de abalanzarse contra el demonio. Su cuello se convirtió en un sumidero por el que entraron todos los fantasmas y removieron el interior del saco de arpillera igual que si tuviese dentro varios gatos callejeros peleándose entre ellos. El demonio se arañaba el cuerpo con gestos frenéticos, pero no podía hacer nada para expulsar a sus nuevos inquilinos.

—¡Ahora! —gritó Faustus con voz de mando.

El movimiento en el interior de la criatura se detuvo un momento antes de que miles de afiladas agujas negras atravesaran por completo el saco. Había de todos los tamaños, desde alfileres finos y alargados a espinas casi tan grandes como un árbol. Lía distinguía entre ellas restos del saco y las extremidades, que colgaban entre las púas como ramas rotas. El icor demoníaco goteaba por todos lados y llenaba la sala del apestoso olor a huevos podridos característico del azufre.

Faustus dio otra orden y las agujas se convirtieron en una nube de polvo negro. Lentamente, los fantasmas rodearon al nigromante y se dispersaron por su cuerpo mientras tomaban de nuevo su forma de tatuajes.

—Eso ha sido… asqueroso y fascinante —logró decir Lía. Cuando miró a Faustus y él le devolvió una sonrisa victoriosa, lo imitó.

Se lanzó a sus brazos y comenzaron a dar pequeños saltos en círculo. Habían logrado superar la primera prueba y, para colmo, habían hecho algo de lo que pocas personas podían alardear: matar a un demonio en su verdadera forma.

Se detuvieron cuando la voz de Keteh Merirí inundó la sala.

—Primera prueba superada —reverberaron todas sus voces. Lía tragó saliva, expectante. Llegaba la segunda indicación—. «Jamás viene la fortuna a manos llenas ni concede una gracia que no haga expirar con un revés».

La chica sacudió la cabeza, confundida. El eco de las paredes de piedra había hecho que cada voz que conformaba la de Keteh Merirí se escuchara distorsionada. Incluso le pareció oír el croar de una rana entre ellas. Aun así, había conseguido entender la frase.

Un vahído hizo que se le doblaran las rodillas y cayese al suelo. Faustus se desplomó a su lado y se apoyó en el suelo con las manos. Ambos se desvanecieron segundos después.

Cuando Lía abrió los ojos, tuvo que pestañear por el potente brillo del sol. Se incorporó con cuidado y descubrió que estaba tumbada en un césped recién cortado. A su lado, Faustus gruñó antes de sentarse.

—¿Estamos de vuelta? —preguntó él con voz pastosa.

Lía miró por encima de su compañero y vio a Chrys a lo lejos, corriendo en su dirección con una mano levantada y expresión preocupada.

—Sí, estamos de vuelta —respondió con una sonrisa aliviada.

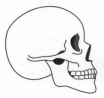 # 26. FAUSTUS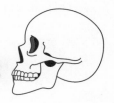

Cuando la fortuna no llama a tu puerta

Tuvieron que regresar rápido al apartamento. En cuanto Chrys se acercó a ellos y los ayudó a incorporarse, Lía se dobló por la mitad y vomitó el desayuno. Sus ojos estaban tornándose rojizos, una señal inequívoca de que su sed de sangre tomaría el control en cualquier momento.

Entraron con prisas en la vivienda y Chrys corrió hacia la cocina. Faustus, que se había encargado de cargar con Lía, la tumbó con cuidado en el sofá. Ella lo miró con desesperación. El sufrimiento era visible en su rostro crispado, así como el hambre que sentía.

Chrys se acercó con un batido y Lía dio un largo trago tras aceptarlo. El nigromante arrugó la nariz al ver que el líquido era mucho más rojizo de lo normal. Generalmente, la bebida que tomaba su compañera para desayunar tenía el color habitual de los batidos de fresas, de un toque rosado claro.

Cuando Lía separó el vaso de su boca, sus labios estaban teñidos de un rojo muy oscuro, casi negro. Al sentir la mirada de Faustus, apartó el rostro avergonzada. Todo su cuerpo

temblaba. El nigromante no pudo evitar pensar en un droga-
dicto tras muchos días sin consumir cocaína.

—Faustus, ¿puedes venir un momento? —lo llamó Chrys
desde el otro lado de la barra americana. En cuanto llegó a su
lado, bajó la voz—. No es fácil para ella, ¿vale? Y, si la miras
con asco, mucho peor.

—No la estaba...

—Sí, lo hacías —replicó el otro con un susurro. Cogió de
un bote varios terrones de azúcar de un rojo intenso y los
puso en la nueva bebida que estaba preparando, lo que la
tornó más oscura—. Necesita que la ayudemos. No sé qué
habéis hecho ahí dentro, pero no es habitual que pierda el
control de esta manera.

Faustus se apoyó en la encimera y comenzó a relatar el
enfrentamiento con el demonio de las pesadillas mientras se
revisaba la lesión del brazo. Soltó un gruñido de dolor al re-
colocarse el hombro con un golpe seco. Cuando llegó a la parte en la que Lía se había desplazado por las sombras, Chrys
soltó un suspiro y asintió, pues comprendió el motivo por el
que su amiga estaba así. En cuanto el nigromante explicó su
movimiento final y la nueva pista de Keteh Merirí, el *dullahan* puso un gesto pensativo.

—«Jamás viene la fortuna a manos llenas ni concede una
gracia que no haga expirar con un revés» —repitió para sí
mismo—. Suena a los típicos mensajes de las galletas de la
fortuna.

—Un poco sí. —Faustus se permitió una sonrisa en mitad
del agotamiento que sentía—. Ya hemos pasado la primera
prueba, que es lo importante. Aunque me da miedo pensar
en las siguientes. No ha sido un combate sencillo.

—Hacéis buen equipo. Estoy seguro de que lo lograréis
—contestó Chrys, que trató de ocultar su preocupación.

—¡Eh, tortolitos! —gritó Lía desde el sofá—. Deberíamos
investigar dónde será el siguiente emplazamiento.

Los dos chicos se miraron durante unos instantes y regresaron al sofá. Lía aceptó el segundo batido e intentó sonreír
a Faustus, pero su expresión distaba mucho de ser feliz.

174

—Siento que hayas tenido que ver esto. No suele pasarme, pero…

—No pasa nada, de verdad —la cortó él—. Tú me has visto enviando almas a una deidad de la muerte como ofrenda. Comparado con eso, lo tuyo no es problema.

—Vale, ahora que habéis hecho las paces, toca volver al trabajo —informó Chrys mientras sacaba el teléfono móvil. Sus dos compañeros observaron cómo abría el buscador y escribía la pista que les había dado el demonio. Unos segundos después, obtuvieron la primera respuesta—. De acuerdo. Se trata de una cita de Shakespeare. ¿Creéis que la siguiente ubicación tiene que ver con el escritor?

—La pista anterior hacía referencia a una escultura. ¿Es posible que haya algún monumento o lugar relacionado con su contenido? —preguntó Lía.

—Al parecer, se trata de una cita relacionada con la fortuna —respondió Chrys tras buscar en un par de enlaces más.

—Es decir, que tenemos que buscar lugares relacionados con Shakespeare y con la fortuna. Y encontrar el correcto antes de mañana a las doce del mediodía —resumió Faustus. Los otros dos lo fulminaron con la mirada y él alzó las manos en señal de rendición—. Perdón, pero es la verdad.

—Si ponemos esas dos palabras y «Madrid»… —murmuró Chrys con la vista fija en la pantalla—. Puede ser el barrio de la Fortuna, aunque no parece una ubicación muy concreta. También está la Fundación Shakespeare, en la calle Princesa. Hay más resultados, pero esos son los primeros que salen.

—¿Realmente creéis que la entrada a la prueba está en un edificio? —preguntó Faustus.

—Está más o menos cerca, y la cita es de Shakespeare. No estoy segura al cien por cien, pero no se me ocurre otra opción. Maldito demonio… —gruñó Lía mientras enterraba el rostro entre las manos.

—Si nos hubiera dado las tres pistas a la vez, podríamos haber ganado tiempo. Sin embargo, es su juego y él pone las normas. De momento estamos cumpliendo el plazo asignado. No está todo perdido.

Chrys apoyó una mano en el hombro de Lía para tratar de animarla. La joven levantó la mirada y asintió con un prolongado suspiro.

Pasaron el resto del día en el apartamento, sin saber muy bien qué hacer. Cada segundo que pasaba era una tortura, pero de nada servía acudir al lugar si la entrada no se abriría hasta el día siguiente. Lía, que alegó que necesitaba descansar, se encerró en su cuarto después de tomar otro batido. Los dos chicos se quedaron solos en el sofá mirando la televisión, pero sin ver realmente lo que aparecía en la pantalla.

Faustus no dejaba de darle vueltas al final de la prueba. Cuando Keteh Merirí había hablado, el nigromante estaba desorientado por el golpe contra la pared y el control de sus fantasmas, por lo que todo lo que recordaba estaba difuso. Las voces del demonio habían resonado en la estancia y lo habían mareado, pero sentía que algo se le escapaba. Había escuchado algo extraño entre la cacofonía de sonidos, algo que podría ser una pista valiosa. Sin embargo, no conseguía ubicar la procedencia de ese sonido.

Se apoyó en Chrys, que lo rodeó rápidamente con un brazo. La batalla lo había agotado más de lo que pensaba. No tardó en quedarse dormido con el sonido de la televisión y la respiración del *dullahan* envolviéndolo.

Al día siguiente, se levantaron temprano y emprendieron el camino al edificio de la Fundación Shakespeare. Recorrieron toda la Gran Vía, que a esas horas era un mar de personas. Había estudiantes, trabajadores, artistas ambulantes… Otro día normal y corriente para todos salvo para los tres adolescentes que andaban apresurados entre la gente.

Dejaron atrás la zona de teatros y llegaron a la plaza de España, donde el monumento a Cervantes los contemplaba desde las alturas. Hicieron una pausa en la fuente del Nacimiento del Agua y Chrys sacó tres termos. Tras el enfrentamiento del día anterior y sus consecuencias en Lía, habían decidido que la chica debía tomar una ración extra de su bebida para estar en condiciones de afrontar un nuevo combate.

—Estaba pensando —comenzó Lía, llamando la atención de sus compañeros— que ayer matamos a un demonio, algo imposible teniendo en cuenta que solo se puede acabar con ellos si están poseyendo un cuerpo humano. Si esa criatura era real, significa que Keteh Merirí le dio un recipiente físico para luchar.

—¿Adónde quieres llegar? —preguntó Faustus.

—A que nos enfrentamos a un ser con un poder abrumador. Un poder que le permite dar cuerpo a otros demonios y usarlos como títeres. Tengo miedo de lo que podamos encontrarnos en las dos siguientes pruebas.

—¿Y si no era realmente el demonio contra el que luchasteis? —intervino Chrys con su habitual gesto pensativo—. ¿Y si solo era… una versión física de lo que vio en tu interior?

—Entonces esa criatura sigue viva y puede venir al mundo humano como cualquier otro demonio —terminó Faustus.

—Sí. Pero voy al hecho de que quizá lo que encontréis no sea real, por mucho que lo parezca —explicó Chrys.

—Pues los golpes se sintieron muy *reales* —bufó Lía.

—Será mejor que sigamos. —Faustus se levantó y sus compañeros no tardaron el imitarlo—. Sea real o no, debemos superar la prueba y salvar a Lía.

Reanudaron la marcha por la calle Princesa, pendientes de la dirección que había apuntado Chrys. El lugar que buscaban era un pequeño apartamento de un bloque de pisos; la típica vivienda reconvertida en negocio. El *dullahan* iba mirando el móvil, que volvía a mostrar la visión infrarroja en busca de picos de magia.

Aún quedaba una hora para las doce del mediodía, pero Faustus sabía que no iban a encontrar nada. Algo dentro de él le decía que ese no era el lugar correcto. Miró a Lía, que caminaba nerviosa y buscaba en todas partes alguna señal de la prueba. Le dolía verla tan desesperada.

Cuando el reloj marcó el mediodía y Chrys no encontró nada, los ánimos del grupo se desplomaron. Regresaron a la plaza de España y Lía se sentó en un banco con el rostro oculto por el cabello rubio. El *dullahan* miró a Faustus con tristeza y se puso de rodillas delante de la chica.

—Lía, todavía tenemos…

—¡No tenemos nada, Chrys! —estalló ella, que mostró su rostro surcado de lágrimas—. Hemos perdido el día de ventaja con el que contábamos. Si mañana no encontramos el lugar correcto, estoy muerta. ¡Muerta!

Lía se levantó y tiró del cuello de su camiseta para darla de sí y enseñar su clavícula izquierda y el comienzo del seno. Se veía la línea negra de la maldición, que ya había alcanzado el hombro y estaba en mitad del pecho.

—Ya ha llegado a la altura del corazón. Y noto que continúa hacia dentro. Se me acaba el tiempo —sollozó ella con la voz destrozada.

Chrys se incorporó, la abrazó y dejó que Lía apoyara la cabeza en su hombro. Faustus los miraba a cierta distancia. En apenas un par de semanas, esas dos personas se habían vuelto importantes para él. Y, si no lograban encontrar la prueba, iba a perder a una.

Debían volver al punto de partida y encontrar la pista que buscaban. No les quedaba otra opción.

27. LÍA

Una luz al final de la rana

Regresaron a su apartamento y Lía se metió de cabeza en la ducha. Necesitaba un momento a solas para escapar de todo lo que la rodeaba. Mientras el agua caliente bajaba por su espalda, golpeó con rabia en la pared de azulejos. Las lágrimas se deslizaban por sus mejillas y rozaban sus labios, y dejaban un sabor salado demasiado doloroso.

La presión estaba pudiendo con ella. Hasta el momento, había mantenido la esperanza de que aún quedaba tiempo, que todavía no había dicho su última palabra. Ahora no podía permitirse fallar, y ni siquiera tenía una idea de adónde ir al día siguiente.

Se puso un pijama de verano y dejó que su cabello mojado empapara la espalda de la camiseta. Chrys y Faustus estaban en el sofá, el primero con el móvil en la mano y el segundo con la vista puesta en la pantalla. No se habían rendido, algo que ella tampoco debería hacer, pero se sentía incapaz de ser optimista.

El sonido del timbre la asustó y dio un pequeño salto.

Negó con la cabeza y se recriminó por estar tan tensa, y se dirigió a abrir la puerta.

Cuando sus ojos se cruzaron con los de Heram, sus labios se separaron, pero fue incapaz de pronunciar ni una palabra. El adivino, visiblemente incómodo, solo dijo un sencillo «Hola» como saludo.

—Heram, ¿qué haces aquí? —consiguió preguntar Lía.

—El otro día me dejaste un poco preocupado y, bueno, quería saber cómo estabas —respondió mientras agachaba el rostro, sonrojado.

—¿Y cómo sabes dónde vivo?

—Solo tuve que rastrear una maldición mortal. No hay muchas en Madrid últimamente. —Heram alzó la cabeza y mostró su habitual y traviesa sonrisa.

—No es buen momento, de verdad —dijo Lía para intentar despacharlo, pero el adivino empujó la puerta antes de que ella la cerrara.

—Por favor, déjame ayudar. Tu aura me dice que no quieres estar sola —pidió.

Con un suspiro de resignación, Lía se apartó y dejó que Heram entrase en el apartamento. Chrys y Faustus, que se habían girado al escuchar la conversación, miraron confusos al chico cuando este se plantó en mitad del salón.

—Cuánto tiempo, Heram —saludó Chrys con educación, aunque no entendía qué hacía allí el otro.

—Buenas, Chrys —contestó el adivino, que posó sus ojos en Faustus—, y hola, desconocido.

—Soy Faustus.

El nigromante le tendió una mano y Heram respondió al gesto. Lía le ofreció un refresco y dejó que se sentara en el hueco libre del sofá. Se quedaron todos en silencio, sin saber muy bien cómo comenzar la conversación. Chrys miró a Lía y alzó una ceja, interrogante, pero ella negó con la cabeza.

—Heram, de verdad, no es un buen momento. Estamos muy ocupados y, si la cosa sale mal, estaré muerta en dos días —soltó Lía con el rostro inexpresivo.

—¿Dos días? —Heram miró a los otros dos en busca de

confirmación. Cuando ellos asintieron, se centró de nuevo en la joven—. ¿Qué estáis buscando?

—Un lugar, una estatua, una fuente... Algo que tenga que ver con Shakespeare y la fortuna —respondió Chrys, abatido—. Nuestras opciones eran el barrio de la Fortuna y la Fundación Shakespeare, pero nada.

—¿Cómo sabéis que tenéis que buscar eso?

—El demonio que creó la maldición nos dio una cita del escritor que hablaba de la fortuna. No sabemos más. Tengo que superar dos pruebas en dos días si quiero sobrevivir. Y esta es la única pista para la segunda —resumió Lía.

—¿Y no os dijo nada más? ¿Alguna palabra diferente a la cita original? —preguntó Heram.

—No. La frase es exacta. Ya no sabemos qué... —comenzó Lía, pero Faustus la cortó con un carraspeo.

—Puede que esto sea una verdadera tontería —comenzó. Todos lo miraron—. Cuando Keteh Merirí dijo la cita, yo estaba mareado y lo oí todo un poco difuso. La sala era de piedra y las voces resonaban mucho, pero me pareció escuchar un ruido de fondo. Lía, ¿tú oíste algo raro también o fue mi imaginación?

—¿Algo raro? No me suena haber... —Se quedó un segundo en silencio, pensativa—. Ahora que lo dices, por un segundo pensé que estaba oyendo a una... rana —admitió, casi en tono de interrogación.

—Esperad, eso lo cambia todo —aseguró Heram con una sonrisa—. Si eso es verdad, lo habéis tenido delante de las narices todo el tiempo. ¿Qué hay cerca de la plaza de Colón que tiene que ver con la fortuna?

—¡La Rana de la Fortuna! —exclamó Chrys.

—Chrys, ¿puedes mirar si ha habido picos de magia allí este mediodía? —preguntó Faustus.

El *dullahan* se levantó y fue a la cocina con el móvil en la oreja. Los demás esperaron, expectantes, hasta que regresó con expresión de victoria.

—Frank me ha dicho que sí. Al parecer, es una zona que no monitorizan con tanta exactitud debido al cúmulo de focos mágicos. Entre los objetos del Hard Rock, el gólem de Colón, los espíritus del Museo de Cera… —Chrys hizo un gesto con una mano para indicar que había más cosas, pero que no era importante—. Han registrado actividad extraña justo en la figura de la rana.

—Tiene que ser allí —afirmó Faustus con entusiasmo—. Estoy convencido.

—Entonces, ¿aún hay posibilidades? —preguntó Heram. Su cara era una mezcla de felicidad y confusión. Lía sonrió al verlo tan desubicado.

—Draculia Rashil no ha dicho su última palabra —afirmó Lía con convicción.

Como debían esperar hasta el día siguiente para ir al lugar de la prueba, Heram le ofreció salir a cenar algo juntos. Lía, que no se había olvidado del beso que le había dado en el bar, aceptó y sintió que su pecho se aceleraba por los nervios.

No habían hablado de ello, pero Lía tampoco sabía qué decir. Sí, Heram era muy guapo, reflejaba el equilibrio que buscaba para sí misma y parecía que también sentía algo por ella. Sin embargo, la cuenta atrás seguía corriendo y sus horas estaban contadas si no lograba superar las dos pruebas restantes.

—¿En qué piensas? —preguntó Heram mientras caminaban por la Puerta del Sol.

«En ti, aunque no voy a decírtelo.»

—En que mi vida se ha revolucionado en apenas unos días. Sí, me enfrento a toda clase de peligros cada dos por tres, pero esto… —Lía alzó el brazalete con un suspiro—. Estoy aterrada. Solo tengo veinticinco años y ya me han puesto una fecha de caducidad de cuarenta y ocho horas.

—No veo el futuro, pero apostaría mi mano derecha a que sobrevivirás —respondió Heram, que le regaló una sonrisa ladeada que hizo que sus mejillas enrojecieran.

—Sabes que, si no aciertas, no podrás darte amor a ti

mismo nunca más, ¿no? —replicó Lía, que intentó que él no se diera cuenta de su reacción.

—Solo tú podrías bromear en esta situación. —Heram pasó un brazo por encima de los hombros de Lía y ella, sorprendida, rodeó la cadera del adivino con cierto titubeo.

Se apoyó inconscientemente en el pecho de Heram y suspiró al escuchar sus latidos fuertes y acelerados. Alzó la mirada y lo observó de reojo. Cuando los labios del adivino se alzaron y formaron una sonrisa divertida, lo imitó.

—Esto también contribuye a revolucionar tu vida, ¿no? —preguntó Heram a la vez que la acercaba más a él.

—Pero al menos no eres un peligro mortal —replicó Lía.

—¿Segura?

Heram se detuvo y Lía estuvo a punto de tropezarse. Cuando se giró para mirarlo, él le alzó la barbilla con un dedo y posó sus labios en los de la chica mientras la sujetaba tiernamente por las caderas.

Fue un beso apasionado y, a la vez, inocente. Lía notaba que las manos de Heram se movían de forma nerviosa, sin saber muy bien dónde tenía permitido tocar. Ella alzó los brazos, le rodeó el cuello y le pasó una mano por su pelo corto.

Sentía el cuerpo del adivino pegado al suyo. Aunque se había fijado en otras ocasiones, no era lo mismo mirar que palpar lo fuerte que estaba. En ese momento llevaba solo una camiseta, por lo que Lía percibía el calor que emanaba de su pecho. Se pegó más a él, pues deseaba sentirlo cerca.

Finalmente, las manos de Heram se afianzaron en su cadera y la apretaron contra sí. Lía aprovechó para morderle el labio inferior y notó cómo la barba cuidada de él rozaba su rostro.

Cuando la lengua de Heram tocó la suya, Lía fue incapaz de reprimir un ligero gemido de placer. Abrió mucho los ojos, avergonzada, y se separó del adivino de manera demasiado brusca. Él parpadeó un par de veces, confuso.

—Perdona. No pensé... —Heram alzó ambas manos en señal de disculpa—. Creí que yo a ti... Tú a mí sí, claro. Pero entiendo que...

—Heram, tranquilo —lo cortó Lía con una risa divertida antes de abrazarlo de nuevo—. Me ha gustado. Es solo que estamos en mitad de la calle y me he puesto nerviosa.

—Con las pintas de chica mala que llevas siempre, no pensé que un beso pudiera descontrolarte así —se burló él.

—También podríamos hablar de lo que se cuece en tu pantalón —contratacó Lía.

Heram no respondió, pero se metió las manos en los bolsillos del pantalón y se lo recolocó, con lo que se ganó una nueva carcajada de Lía. Entrelazaron los brazos y continuaron andando sin rumbo fijo.

—¿Y ese chico peliblanco de tu apartamento? —preguntó Heram un rato más tarde.

—¿Faustus? Digamos que los dos queríamos el brazalete. No voy a aburrirte con los detalles. Pasaron muchas cosas y terminamos haciendo un pacto de sangre para colaborar —explicó Lía.

—¿Qué es? Su presencia no es humana.

—¿No te fijaste en sus ojos? —Heram asintió, pero frunció el ceño de todos modos para indicar que no sabía a qué se refería—. Es un nigromante. Todos tienen las pupilas blancas. Y sus tatuajes en realidad son fantasmas.

—¿Y Roderick os deja estar con él? Siempre había pensado que eran peligrosos.

—Como ya te he dicho, han pasado muchas cosas. Es de fiar. Ha perdido mucho por ayudarme. Y quizá consiga juntarlo con Chrys —añadió con una sonrisilla traviesa.

—Entonces será mejor que cenemos algo y los dejemos solos un rato —respondió Heram antes de darle un nuevo beso.

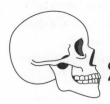 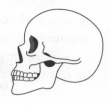

28. FAUSTUS

De hadas
y nigromantes

Mientras Chrys seguía analizando la perturbación mágica recogida en la estatua de la Rana de la Fortuna, Faustus aprovechó para darse una ducha. Aunque Lía se había mostrado mucho más animada tras descubrir cuál era la siguiente ubicación, él sentía que se acercaban al final del camino que los unía.

Chrys le había asegurado que era uno más del grupo, pero el miedo a quedarse solo de nuevo le oprimía el pecho. Llevaba demasiado tiempo forzándose a ser fuerte y, tras bajar la guardia con ellos, ya no se sentía capaz de seguir manteniendo esa fachada estable.

Mientras el agua caliente recorría su cuerpo, Faustus pasó los dedos por los tatuajes con delicadeza. Sus fantasmas vibraban ante el contacto y respondían a sus sentimientos. Ellos nunca lo abandonarían, a pesar de que estaban a su lado de forma forzada.

Pensó en Yussu y en cómo le gustaba acariciar su piel tatuada. Una lágrima solitaria se mezcló con el agua al no poder visualizar su rostro. Echaba de menos su sonrisa, su optimismo a pesar de las terribles situaciones que habían vivido, lo mucho que se maravillaba cada vez que se mudaban a una ciudad nueva.

«¿Cómo es posible que un único recuerdo me arrebate eso?», pensó con desesperación a la vez que golpeaba con fuerza una de las baldosas de la pared.

Con un suspiro, terminó de ducharse y cerró el grifo. El baño estaba lleno de vapor, por lo que pasó una mano por el espejo para contemplar su reflejo. A pesar de su piel morena, podía ver las profundas ojeras que adornaban sus facciones. Se pasó una mano por el cabello blanco mojado y se lo echó hacia atrás. Necesitaba un corte pronto.

El colgante con la sangre de Yussu seguía sobre su pecho. Faustus fue a tocarlo, pero bajó el brazo antes de hacerlo. Se estaba convirtiendo en un recuerdo demasiado doloroso, sobre todo al saber que la maldición de Lía no servía para el hechizo.

Cuando salió del cuarto de baño, Chrys lo esperaba en el sofá. Había colocado un mantel en la mesa que había delante de la televisión y en ese momento estaba posando un enorme plato con una *pizza* recién hecha.

—Sales a tiempo para la cena. —El *dullahan* le dedicó una sonrisa tierna antes de apartar la mirada—. Siento no poder ofrecerte nada más elaborado.

—No tenías por qué prepararme la cena. —Faustus se sentó en el sofá, al lado de Chrys, y le cogió la mano—. La próxima vez, cocino yo.

—¿Sabes?

—Seguramente me defienda mejor en la cocina que vosotros dos —respondió con un resoplido.

—Como eso sea cierto, echo a Lía del apartamento y te quedas con su habitación —bromeó Chrys, pero las implicaciones detrás de la idea hicieron que el ambiente se tornara tenso.

—Siempre puedo invitaros a mi piso. Así os demostraría mis habilidades culinarias —murmuró Faustus para intentar aliviar el momento incómodo.

—Primero tendrás que limpiarlo. Llevas unos cuantos días sin ir —apuntó Chrys. Las comisuras de sus labios aletearon, pero no llegaron a formar una sonrisa.

—Chrys. —Faustus entrelazó los dedos con los del *dullahan* y lo obligó a mirarlo—. No quiero que nuestra amistad se convierta en una sucesión de momentos así. Yo ahora mismo no puedo ofrecerte nada más. —Cogió aire profundamente y lo echó con un suspiro—. Si no te sientes cómodo, puedo irme.

—No quiero que te vayas. —Los dedos de Chrys se apretaron con fuerza sobre los suyos—. Todo esto es culpa mía, no quería que te sintieras así. De verdad que estoy bien con que seamos amigos.

Faustus miró sus ojos verdes, ligeramente acuosos. Ambos sabían que eso último era mentira. Chrys sentía algo por él y estaba claro que le dolía no ser correspondido con la misma intensidad.

«Lo mejor que te puede suceder es que ames y seas correspondido», pensó, recordando la icónica frase de *Moulin Rouge*. Yussu adoraba esa película.

—Será mejor que comamos la *pizza*. Fría es intragable —propuso Chrys, aunque su voz destilaba dolor.

Cuando se soltó de Faustus, este reaccionó. Posó sus manos en las mejillas del *dullahan* para obligarlo a devolverle la mirada y apoyó su frente en la de Chrys. Notaba la respiración del hada sobre sus labios, pero no llegó a besarlo.

—Dame dos días. Solo te pido eso —susurró mientras rozaba sus mejillas con los pulgares—. Cuando Lía supere las pruebas y todo vuelva a la normalidad, decidiré qué hacer. ¿Podrás esperar?

Se separó un poco de Chrys, que lo observaba con los ojos muy abiertos y el rostro enrojecido. Faustus lo escuchó tragar con fuerza y sonrió levemente. Sabía que, si apoyaba la mano en el pecho del *dullahan*, sentiría los latidos acelerados de su corazón. Él mismo notaba cómo el suyo palpitaba desenfrenado.

—De acuerdo —murmuró Chrys unos instantes después.

Faustus se separó de él y apartó la mirada. Su mente era un amasijo de pensamientos caóticos y sin orden. Por un lado, quería recuperar a Yussu, a pesar de la vocecilla que le decía que no era buena idea, que el naga no querría que lo hiciera. Por otro, tenía la oportunidad de ser feliz de nuevo con Chrys, pero sentía que estaría traicionando a Yussu.

Comieron la *pizza* en silencio, con el sonido de la televisión de fondo. Ninguno estaba prestando atención a la pantalla, pero tampoco la apagaron. Cuando terminaron, Chrys se levantó y empezó a recoger la mesa, pero Faustus lo detuvo.

—Luego lo hacemos. Vamos a descansar un poco, ¿vale? —dijo, aunque en el fondo sus palabras le suplicaban que se quedara a su lado.

—Déjame coger el helado, aunque sea —respondió Chrys, que pareció entender el mensaje.

Regresó al momento con la tarrina y dos cucharillas. Faustus se estiró para recoger la manta que estaba tirada en el suelo y los cubrió con ella mientras daban cuenta del helado. Se apoyó en el hombro de Chrys e inspiró su aroma.

—Cuéntame algo de ti —pidió en voz baja.

—No hay mucho que contar. Mi madre se encaprichó de un humano, se quedó embarazada y cortó toda relación con él. A los quince años, decidí buscarlo —dijo con la mirada perdida. Faustus contempló su rostro, iluminado ligeramente por el brillo de la televisión—. Vivía en un pequeño pueblo del Reino Unido. Era ferroviario, valga la ironía —bromeó, aunque su mente parecía estar muy lejos de allí—. Nunca superó la marcha de mi madre.

—¿Sabía que era una *dullahan*? —preguntó Faustus.

—No. Tuve que contárselo yo cuando vio que mi apariencia apenas cambiaba con el paso de los años —respondió Chrys—. Le costó asumir la existencia de las hadas y del resto de los seres sobrenaturales, pero nunca me rechazó. Fue un buen padre.

—¿Y por qué viniste a Madrid?

—Esa es una historia para otro día. —Chrys fingió mirar la hora en la pantalla del móvil—. Será mejor que recoja esto y nos vayamos a la cama. Mañana tenéis que superar otra prueba.

Faustus miró cómo el hada se levantaba y se dirigía a la cocina para limpiar los restos de la cena. Se incorporó y esperó a que Chrys guardase la tarrina de helado en el congelador para abrazarlo. El *dullahan* se quedó quieto unos segundos, sin responder al gesto, y el nigromante pensó que había cometido un error.

Sin embargo, los brazos de Chrys no tardaron el sujetarlo con fuerza por la cadera y pegarlo más a él.

—Si no quieres hablar de ello, no pasa nada. Pero estoy aquí, ¿de acuerdo? —susurró Faustus junto al cuello de Chrys.

—Con estas cosas, me pones muy difícil lo de esperar dos días —replicó el otro, lo que hizo que ambos terminaran riéndose.

Cuando Faustus fue a apartarse, Chrys tiró de nuevo de él para unir sus cuerpos. Ambos sabían que, si seguían así, terminarían haciendo algo de lo que se arrepentirían, pero el corazón de Faustus le estaba ganando terreno a su raciocinio. Echó la cabeza hacia atrás para mirar a Chrys, que era unos centímetros más alto que él. Los ojos verdes del *dullahan* brillaban y tenía los labios entreabiertos.

La distancia entre sus bocas se redujo poco a poco, pero no llegaron a besarse. El sonido de las llaves en la puerta rompió el momento y Faustus se apartó con cuidado. Al ver la mirada apenada de Chrys, posó una mano en su mejilla.

—Dos días —susurró.

Era una promesa.

29. LÍA

Un reencuentro doloroso

Faltaba un cuarto de hora para las doce del mediodía. Tras cenar con Heram, que prometió pasarse por el apartamento al día siguiente, Lía se fue a dormir. Sus amigos la habían esperado despiertos, aunque la expresión apagada de Chrys indicaba que solo había sido una buena noche para ella. Su duermevela estuvo llena de pesadillas, todas sobre Keteh Merirí abriéndose el pecho. Sin embargo, en el lugar donde debería haber estado su corazón, Lía había visto su propio rostro.

La rana era una escultura moderna que representaba la buena suerte y el azar según el *feng shui*. Había sido una donación del Casino Gran Madrid y en su barriga lucía toda una serie de símbolos que representaban la fortuna en las distintas culturas. Sus patas, que medían más de dos metros, permitían a los transeúntes pasar entre ellas y ver los grabados.

Lía estaba nerviosa. Muy nerviosa. Esta vez estaban siguiendo una pista más fiable, pero el miedo a fallar todavía resonaba en su cabeza. Si la rana no era la entrada a la prueba, podía darse por muerta.

«No pienses en eso. Ten fe», se recriminó.

Miró el reloj, que ya marcaba las doce menos cinco, y volvió a posar sus ojos en la escultura. Faustus estaba con Chrys, apoyado en una pared cercana. Su mirada tampoco se despegaba del batracio.

Notaba cierta incomodidad entre ambos chicos. Si por la noche apenas habían intercambiado un «buenas noches», por la mañana no se habían dirigido la palabra. Lía no creía que estuviesen enfadados, ya que había visto a Chrys mirando al otro de vez en cuando con cierto anhelo. Pero algo había pasado entre ellos. Y no había sido nada bueno.

Se sentó en un banco cercano y se dedicó a observar el ir y venir de la gente. El edificio junto al que se encontraba la rana albergaba el Museo de Cera, un lugar que le provocaba escalofríos. Desde hacía años, una de las labores más importantes de Mementos había sido vigilar ese lugar. La sola creación de réplicas de cera, a simple vista un hecho inofensivo, había derivado en una aparición masiva de *doppelgängers*, copias fantasmales de los famosos inmortalizados en el museo. Los entes eran versiones diabólicas cuyo objetivo en la vida era matar a la persona original. Cada vez que el museo traía un nuevo muñeco de cera, las alertas sonaban en la sede.

Como era lógico, Mementos no podía enviar a agentes constantemente para verificar si había nuevas apariciones. La solución había sido modificar la estatua de Colón, ubicada en la rotonda cercana, para crear un gólem de vigilancia que se encargaba de esa tediosa tarea.

Lía sonrió ante la anécdota que le había contado Chrys al hablarle de esa época. En la esquina opuesta del Museo de Cera se había construido un nuevo local de Hard Rock, una cadena de restaurantes originaria de Londres que mezclaba comidas deliciosas y desorbitadamente caras con toda clase de instrumentos, trajes, fotografías y demás enseres de artistas famosos. En la actualidad, mucha gente compraba la línea de ropa de la cadena, con su logo impreso junto al nombre de la ciudad. El propio Chrys tenía una de Madrid.

Según le había contado tiempo atrás su amigo, la estatua de Colón no solo había detectado las apariciones de los *doppelgängers*, sino también las fluctuaciones mágicas que producía la colección de objetos del restaurante.

Un destello llamó la atención de Lía. Se acercó a una de las patas y vio que los símbolos de la barriga se habían iluminado. En apenas unos segundos, su brillo cubrió toda la zona de debajo de la estatua. El aire ondulaba, semejante a una cortina casi invisible mecida por el viento.

Era la entrada a la prueba.

—¿Estás lista? —preguntó Faustus, a su lado.

—Por supuesto.

—Pues vamos allá.

Chrys, que se había detenido a su lado, los miró a ambos antes de suspirar con un asentimiento. Lía le dio un abrazo y le sonrió para tratar de animarlo. Sabía que el *dullahan* no estaba bien, pero en esos momentos no podía quedarse reconfortándolo. Ni siquiera él habría querido que lo hiciese.

Faustus, que había apartado la mirada y estaba observando con el ceño fruncido la estatua, ocupó su lugar cuando ella retrocedió unos pasos. Cuando le vio dando un beso rápido a Chrys en la mejilla, abrió mucho los ojos, pero el nigromante la cogió de la muñeca y la arrastró al portal antes de que pudiera decir nada.

Los dos entraron entre las patas de la rana y dejaron que el brillo sobrenatural los cubriese. Los alrededores se difuminaron y perdieron consistencia antes de disolverse. Todo lo que los rodeaba se volvió negro. Lía se sujetó con fuerza a Faustus, que apretó los dedos sobre los de la chica. Cuando los contornos se volvieron a dibujar y la rana desapareció, ya no estaban en Madrid.

La sala en la que se encontraban no era muy grande y tanto el suelo como las paredes estaban cubiertos de azulejos blancos y negros que formaban una visión mareante. Sin embargo, Lía conocía ese patrón.

—No puede ser... —balbuceó mientras giraba sobre sí misma para mirar todas las paredes.

—¿Qué pasa? —Faustus, alerta, la apremiaba con la mirada.

—Es… era mi cocina —consiguió decir Lía.

La sala estaba desprovista de muebles, pero era capaz de reconocerla. El hueco en el que debía estar la puerta se encontraba tapiado y cubierto por el mismo diseño a cuadros. La lámpara seguía en su sitio, aunque estaba cubierta por una capa de polvo. En el suelo se distinguían las marcas donde habían sido colocados los electrodomésticos, como si hubieran vaciado la cocina justo antes de que entraran.

—Así es, niña —afirmó una voz a sus espaldas.

A pocos metros de ellos surgió una nube de oscuridad. Cuando esta se disipó, apareció un hombre de rostro tristemente familiar. Lía pestañeó para contener las lágrimas.

—¿Papá? —balbuceó. Las palabras se le atascaron en la garganta mientras intentaba comprender lo que estaba viendo—. ¿Cómo es posible…?

Era tal como lo recordaba. Josh Rhasil había sido un hombre con una constitución fuerte e imponente, completamente opuesta a su personalidad cariñosa y sensible. Lía recordaba la sensación de seguridad que le ofrecían sus abrazos, el aroma a cigarrillos que siempre impregnaba la ropa de su padre y que le daba ganas de estornudar. Las cosquillas y los juegos en el suelo del salón. Los fines de semana bailando descalzos, con Lía subida a los pies de su padre.

Esos recuerdos, momentos de su vida que atesoraba en su corazón, quedaron eclipsados ante la imagen del hombre que tenía frente a ella. Dos ojos rojos la observaban con crueldad. En cada mano llevaba un machete con restos de sangre fresca, que goteaba sobre el suelo y le provocaban escalofríos.

—Tú no eres mi padre —sollozó en voz baja.

—Juré que volvería a por ti —sentenció el *irae* mientras la señalaba con uno de los machetes.

—Lía, prepárate —ordenó Faustus mientras invocaba su guadaña.

—Es hora de terminar lo que empecé —declaró al mismo tiempo el demonio, antes de abalanzarse contra ellos.

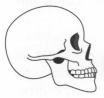 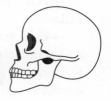

30. FAUSTUS

La bestia interior
abre los ojos

El demonio embistió en dirección a Lía, que logró esquivarlo en el último segundo. Faustus percibía el miedo en su amiga, que parecía incapaz de combatir contra la imagen de su padre.

La voz de Keteh Meriří resonó en la cocina mientras el *irae* seguía atacando con sus machetes a Lía.

—Que dé comienzo la segunda prueba. Enfréntate a tu demonio interior —proclamó el invisible ente.

Faustus corrió hacia su rival cuando este intentó agarrar a Lía por el cabello. La chica se revolvió con un grito, histérica. En esos momentos, el nigromante veía a una niña asustada, acorralada por su mayor pesadilla.

—Desmembré a tu madre trocito a trocito mientras aún estaba viva. ¡Y haré lo mismo contigo! —aulló el demonio.

Cuando alzó de nuevo uno de los machetes, Faustus cortó el aire con su guadaña. El ruido de la extremidad cercenada al chocar contra el suelo sobresaltó a Lía, que quedó salpicada por el chorro de sangre que brotó del muñón. La joven cayó al suelo y se arrastró asustada contra la pared, donde se abrazó las rodillas y comenzó a mecerse nerviosamente.

—¡Lía, reacciona! —pidió Faustus mientras esquivaba un machetazo del demonio.

—Esto es algo entre ella y yo, nigromante. Apártate de mi camino —gruñó el *irae*, dispuesto a descargar un tajo con el único brazo sano.

Faustus detuvo el ataque con la guadaña y le clavó el mango en el pecho para ganar distancia. Sin embargo, se dio cuenta demasiado tarde de su error. El demonio, ahora más cerca de Lía, se giró hacia la joven, que estaba indefensa y temblaba.

—Tu padre está muy decepcionado contigo. La sangre de los auténticos vampiros corre por tus venas, pero solo lloras como la niña pequeña que eres —escupió el demonio mientras caminaba hacia ella con el machete alzado—. Mereces morir entre horribles sufrimientos.

Estaba tan centrado en Lía que no vio venir el ataque de Faustus. Con un potente rugido de odio, el nigromante trazó un veloz tajo circular con el filo que blandía. El demonio se detuvo, erguido durante unos instantes, antes de que su cabeza cayera a los pies de Lía, seguida de su cuerpo.

Faustus ordenó a Petra que regresara a su piel y miró a su amiga. El cabello de Lía, cubierto de restos de sangre, ocultaba por completo su rostro. El cadáver del demonio estaba a su lado y de su cuerpo brotaba una cantidad de sangre fuera de lo normal. Faustus arrugó la nariz ante el fuerte olor a metálico.

—Creo que pasa algo raro. Keteh Merirí no ha dado por finalizada la prueba aún —dijo, y esperó que Lía reaccionara. Sin éxito—. ¿Y por qué sale tanta sangre? No es normal.

El charco oscuro que rodeaba el cuerpo del demonio seguía extendiéndose y alcanzó los botines de Lía. Los hombros de la chica sufrieron un estremecimiento, pero siguió sin responder. Faustus empezó a preocuparse. Su compañera no solía perder el control de esa manera, a pesar de la tensión acumulada en las últimas horas.

—Aquí está pasando algo raro... —murmuró para sí—. Lía, ¿estás...?

Se calló cuando la cazadora alzó despacio el rostro. Entre los cabellos manchados de sangre que cubrían sus facciones, logró reconocer unos ojos cuyos iris se habían tornado de un rojo intenso. La pupila era un punto diminuto en esa imagen terrorífica.

Lía se levantó tambaleante, con la mirada clavada en Faustus. El nigromante tragó saliva; podía ver el hambre en esos ojos rojizos que lo observaban. Su amiga alzó una mano para retirarse el cabello de la cara, de modo que extendió una gran mancha de sangre en su piel. Tenía la boca entreabierta y los colmillos asomaban bajo el labio superior.

Cuando dio un paso en dirección al nigromante, este retrocedió. Todo su ser le gritaba que estaba en peligro. Se sentía como una presa arrinconada por su depredador, sin salida. Alzó las dos manos despacio para intentar calmar a su compañera.

—Lía, soy yo. Faustus —dijo con el tono más suave posible—. El combate ha terminado. Estamos a salvo. Cálmate.

Ella no reaccionó a su voz y siguió avanzando con pasos lentos. El nigromante miró a su alrededor, pero no había ninguna salida. Las palabras que había pronunciado el demonio resonaron en su cabeza y dieron sentido a lo que estaba pasando.

—Su demonio interior. Esa es la prueba —susurró, asustado—. Lía, escúchame. Si no te controlas, no superarás la prueba. Has de dominar tus instintos vampíricos. ¡Lía!

Dijo su nombre demasiado alto y ella reaccionó abalanzándose sobre él. Cayeron al suelo y Faustus soltó todo el aire que tenía en los pulmones al golpearse. Lía comenzó a arañarlo con sus uñas convertidas en garras afiladas y él se cubrió el rostro con los brazos. Cuando su compañera abrió mucho la boca y se lanzó a morderle el cuello, la sujetó por los hombros y empujó para tratar de alejarla.

Los dientes de Lía chasquearon en el aire en busca de carne que morder. Faustus apenas era capaz de mantenerla lejos. No quería herirla, pero tenía que impedir que le desgarrara la garganta. Gritó de dolor cuando Lía le mordió el antebrazo con rabia.

Faustus pensó que su compañera le arrancaría un trozo de carne, pero Lía se retiró con un gañido animal y se sujetó la cabeza con las dos manos. El nigromante retrocedió, pero ella lo agarró de una pierna y tiró de él antes de tratar de morderle el cuello de nuevo.

En un acto reflejo, Faustus le golpeó con el codo en la cabeza, pero un intenso dolor le recorrió todo el cuerpo e hizo que se retorciera bajo el peso de Lía. Cuando los dientes de la chica se clavaron con furia en su garganta, se revolvió gritando de dolor.

Al momento, Lía retrocedió de nuevo con un gruñido de sufrimiento. Y entonces lo entendió: no podían hacerse daño el uno al otro. Habían hecho un pacto de sangre y el dolor era un aviso para que se detuvieran antes de que la magia primordial los fulminara en el sitio.

Sintió a Lenalee deslizarse por su cuello y tapar la herida con una tirita de oscuridad, y eso le dio una idea. Ordenó a todos sus fantasmas que rodearan a Lía mientras la chica se recuperaba del dolor. En apenas unos segundos, Lía desapareció dentro de una burbuja de sombras pegada en el suelo. Una mano atravesó la oscura barrera, pero la hueste la empujó hacia el interior de nuevo.

—No dejéis que se deslice en la oscuridad. Hay que contenerla —musitó el nigromante con voz débil.

Miró por toda la sala. El cuerpo del demonio había hecho su labor. Todo el lugar estaba cubierto de sangre, motivo por el cual Lía había perdido por completo el control. Ese era el plan de Keteh Meriri. Quería sacar al monstruo que la híbrida ocultaba en su interior.

Un grito amortiguado surgió de la burbuja de sombras. Fue un sonido animal, rabioso. Si Lía no volvía en sí, no superarían la prueba.

—Sacad toda la sangre que haya dentro —ordenó Faustus mientras se acercaba a la cárcel que había creado—. Si es posible, haced desaparecer también su olor. Hay que ayudar a Lía.

Del borde de la burbuja surgió un líquido rojizo. Necesitaba aislar a su amiga, alejarla del detonante. Apoyó una mano en las sombras y respiró profundamente antes de hablar.

—¿Lía? ¿Estás ahí? —comenzó—. ¿Puedes oírme?

En el interior de la burbuja se escuchó un sollozo lastimero. Faustus suspiró apenado. No le gustaba ver así a Lía.

—Necesito que te calmes y vuelvas a ser tú. Esta es la prueba —prosiguió, e intentó impregnar de fuerza su voz—. Puedes hacerlo, Lía.

—No puedo —respondió ella entre sollozos y gemidos de dolor—. Me está desgarrando por dentro...

—Eso es lo que busca Keteh Merirí. Está forzando tu parte no humana para que tome las riendas de tu cuerpo. Pero tú no eres así. No eres un monstruo.

Se quedaron en silencio. El nigromante susurró una plegaria a Papa Legba en busca de fortaleza. Estaban muy cerca de conseguirlo. Lía no podía tirar la toalla. Ella era una luchadora, lo había demostrado en el poco tiempo que llevaban como aliados.

—Faustus —lo llamó ella con la voz titubeante.

—Voy a liberarte. Olvídate de la sangre. Céntrate solo en mí y respira profundamente. ¿De acuerdo?

—Sí...

Los fantasmas se disgregaron por la sala. Faustus vio a Lía entre la maraña de sombras, de nuevo abrazada a sus rodillas. Se acercó con cuidado, atento a cualquier peligro, pero ella alzó la mirada y él solo pudo suspirar aliviado. Sus ojos volvían a ser azules, no rojos.

La rodeó con los brazos y dejó que Lía llorara contra su pecho. El cuerpo de la chica no dejaba de temblar y se agarraba a la camiseta del nigromante con desesperación. Él le acarició la espalda y la apretó un poco más fuerte. Los dos estaban asustados, pero seguían juntos.

La hueste se agolpó a su lado y cubrió a Lía en forma de capa de oscuridad. Era su manera de aliviarla, de protegerla de los peligros, a pesar de que la verdadera amenaza había llegado desde su interior.

—Prueba superada —sentenció la múltiple voz de Keteh Merirí. Faustus alzó el rostro, aun sabiendo que no vería al demonio—. Es la hora de la última prueba: «Cruzad las dos puertas para alcanzar la traición. Muerte y vida en la misma balanza, mientras el desierto clama un sacrificio. El corazón de la chica busca tranquilidad en los ecos del pasado, en el lugar de reposo de la divinidad desconocida que espera donde arena y agua se vuelven una».

La mente de Faustus se nubló y su cuerpo golpeó el suelo. Sentía el peso de Lía sobre él mientras todo a su alrededor daba vueltas.

Cuando logró abrir los ojos sin marearse, vio una enorme superficie de cobre llena de símbolos y números. Lía se incorporó, aún apoyada en él, y lo miró con el rostro empapado de lágrimas.

—Lo siento… —sollozó mientras se cubría la cara con las manos.

Faustus la abrazó de nuevo y apoyó la cabeza sobre la de ella. Estaban a salvo, y eso era lo importante.

31. LÍA

La cuenta atrás termina

Todo resto de sangre había desaparecido cuando regresaron, pero Lía aún sentía el tacto viscoso en su cuerpo. Apenas habló de regreso al apartamento y, cuando llegaron, se metió en la ducha.

Se pasó la esponja por la piel y frotó con rabia. No dejaba de notar la sangre en sus manos, en su pelo, en su rostro... Se mordió el labio para ahogar un sollozo, pero no pudo contener el llanto. Si ver a su padre en la misma cocina donde ocurrió todo la había alterado mucho, el baño de sangre procedente de su cuerpo había sido una experiencia todavía peor.

No era la primera vez que perdía el control, pero nunca había llegado a ese extremo. Un instinto animal había invadido su mente. Ella había estado ahí, lo había visto todo, pero era incapaz de detenerse. Todo su ser clamaba más sangre y daba igual si esta procedía de un amigo.

Faustus había dicho que eso era lo que buscaba Keteh Merirí: desatar a la bestia que habitaba en su interior. Por muy cierto que eso fuera, ella había intentado matarlo. De no ser por el pacto de sangre que les impedía hacerse daño, lo habría desangrado entero.

En todos los años que llevaba trabajando en Mementos, nunca había pensado en sí misma como un monstruo. Los demonios que mataba, los seres que arrestaba y que eran un peligro para la humanidad... Lía nunca los había visto como sus semejantes. Hasta ahora.

¿Y si su vida había sido una mentira? ¿Y si la habían mantenido como agente para tenerla vigilada? Esas y otras preguntas se agolpaban en su cabeza. Ya no se sentía a salvo consigo misma. Si el mero hecho de ver sangre sacaba a su monstruo interior, era peligrosa.

Solo una persona podía responder a sus preguntas.

Se despidió de sus amigos, que la miraron preocupados al ver que se disponía a salir sola, y se dirigió a la base de Mementos. Roderick estaba en su despacho, como siempre. La mujer no alzó la mirada cuando Lía entró, ocupada en firmar unos papeles y anotar cosas en un cuaderno. Cuando al fin miró a la joven, sus manos se detuvieron en el acto.

—¿Lía? —preguntó, visiblemente alarmada al ver la desolación de su subordinada—. ¿Qué ha pasado? Siéntate, por favor.

La chica obedeció y Roderick se levantó para acercarse a ella. Lía aún tenía lágrimas en los ojos. Su mundo se estaba desmoronando. Tenía miedo de saber la verdad, pero también necesitaba descubrir si era un monstruo o no.

—¿Por qué me aceptaste como aprendiz? —acertó a decir con voz temblorosa—. Muy pocos agentes tienen mentores. ¿Por qué yo sí?

—¿A qué viene esa pregunta? —respondió Roderick, confusa.

—Es para vigilarme, ¿no? Por lo que soy —sollozó Lía, que había alzado la voz.

—¿Qué ha pasado? —Roderick se apoyó en el escritorio, enfrente de ella, y la miró con ternura.

Lía narró el enfrentamiento con el demonio y cómo había perdido el control. Relató entre lágrimas su intento de matar a Faustus, la sed de sangre que la había poseído y sus sospechas sobre por qué la había acogido bajo su protección.

Se miró las manos, que no dejaban de temblar. No se atrevía a alzar la mirada y ver la verdad en los ojos de Roderick. Algo dentro de ella rezaba para que todo aquello no fuera real, solo un mal trago.

—¿Sabías que tu padre había puesto en su testamento que nosotros te acogiéramos? —La pregunta de Roderick la sorprendió. Lía levantó la vista para encontrarse con una sonrisa triste en los labios de la mujer.

—Nunca me lo habías dicho.

—Tu padre no quería que lo supieses, pero creo que es necesario. —Roderick soltó un largo suspiro antes de seguir—. Josh conocía Mementos antes de que ocurriera el accidente.

Lía se sorprendió del tono nostálgico con el que Roderick había pronunciado el nombre de su padre. Desde pequeña, este le había explicado la existencia de otros seres sobrenaturales, así como la de una agencia que se encargaba de vigilar y proteger a los humanos.

—Aunque no te lo creas, tu padre fue uno de los mejores agentes de la sucursal española —prosiguió Roderick. Lía la miraba estupefacta—. Fue una pena que dejara su puesto.

—¿Papá era… agente?

—Al igual que tú, Josh fue uno de mis subordinados. Fue él quien acudió a nosotros cuando perdió el control por primera vez. —Roderick se quedó pensativa unos segundos—. No recuerdo bien qué le pasó. Un amigo suyo tuvo un terrible accidente y, al ver una gran cantidad de sangre, tu padre se volvió un animal.

»Su relación con tu abuelo se había roto años atrás y todavía era joven, por lo que no conocía realmente el alcance de su naturaleza. Acudió a nosotros en busca de ayuda y lo acogimos como a uno más. Era un gran agente y todos lo querían. Cuando conoció a Mariana, se lo veía radiante.

—¿Por qué se marchó? —preguntó Lía. Era la primera vez que hablaban de su padre sin que el tema girara en torno a su posesión.

—Un demonio lo rastreó hasta vuestra casa y los atacó en plena noche. Aunque Josh acabó con él sin problema, tenía miedo por tu madre. Dejó su puesto como agente y pasó a trabajar como informante, un trabajo más seguro para su familia.

»Cuando tuvo lugar el accidente de coche y vimos que tu padre estaba involucrado, lo descartamos como nuevo anfitrión. Josh siempre había sido fuerte, física y mentalmente, por lo que no pensamos que el *irae* estuviera dentro de él. Fue un error catastrófico. —Roderick se limpió una lágrima y carraspeó para intentar disimular lo afectada que estaba—. Después, recibimos su testamento.

—¿Quería que fuera una agente de Mementos?

—No, eso fue decisión mía —contestó Roderick con una sonrisa tierna—. En el documento, Josh nos pedía que cuidáramos de ti. Decidí convertirme en tu tutora para tratar de compensar nuestro error.

—Entonces, ¿no me acogisteis porque soy un monstruo? —La voz de Lía delataba la súplica implícita en la pregunta.

—No eres un monstruo, Draculia. Te has visto sometida a una prueba que ha sacado a la fuerza a tu animal interior. No era una situación… normal —afirmó Roderick—. Sé quién eres y sé lo mucho que trabajas para mantener el control. Y no estás sola.

—Tengo miedo de la última prueba —admitió la chica de repente. En ese momento, todos sus temores estaban saliendo a la luz.

—Lo sé. —Roderick apoyó una mano en su mejilla, un gesto poco habitual en la personalidad seria de la mujer—. Pero la vas a superar. Y aún tenemos una cena pendiente.

Lía asintió, aliviada. Ya tendría tiempo de llorar y de pedir disculpas más adelante. El reloj seguía corriendo y el día siguiente sería el definitivo.

Chrys la abrazó cuando regresó a su hogar. Faustus, algo cohibido, se mantuvo a cierta distancia de ellos, sin saber si debía acercarse a ella o no. Lía dio ese paso por él, y le tendió una mano para invitarlo al abrazo.

En cuanto se sentaron, más tranquilos, retomaron su investigación.

—¿Qué fue exactamente lo que os dijo Keteh Meriří? Y no os olvidéis de contar cualquier cosa que escucharais, por muy extraña que os pareciese —recalcó Chrys.

—«Cruzad las dos puertas para alcanzar la traición. Muerte y vida en la misma balanza, mientras el desierto clama un sacrificio. El corazón de la chica busca tranquilidad en los ecos del pasado, en el lugar de reposo de la divinidad desconocida que espera donde arena y agua se vuelven una» —recitó Faustus.

—Ya sé dónde será —afirmó Lia con voz tranquila. Llevaba dándole vueltas desde que lo había escuchado. Sus dos amigos la miraron sorprendidos—. Es el templo de Debod.

—¿Estás segura? No podemos fallar esta vez. —Chrys parecía preocupado, pero ella lo tenía claro.

—Dos arcos de piedra dan la entrada al templo. Habla del desierto, por lo que un templo egipcio cuadra. Es una construcción antigua, del pasado, y siempre voy allí cuando quiero pensar. —Sus compañeros asentieron, conformes con cada afirmación—. En un artículo leí que se desconoce a qué dios estaba dedicado. Y está rodeado de un pequeño estanque, de ahí lo de «arena y agua se vuelven una».

—¿Y qué pasa con el tema de la traición, la vida y la muerte? No me da buena espina —confesó el *dullahan*.

—Creo que tiene que ver con la prueba. Pero, aparte de eso, el lugar está claro. —Faustus sonrió a Lía—. Lo vamos a conseguir.

—Pues está decidido. —Chrys se estiró en el sofá y soltó un pequeño gemido cuando su espalda crujió—. Qué ganas de que acabe todo esto. Me van a salir canas de la preocupación.

—El abuelo ya no está para sustos, ¿eh? —se mofó el nigromante.

—El abuelo aún tiene mucha energía, no te preocupes —replicó el *dullahan* con una sonrisa picarona.

—Oh, dioses. No hagáis eso delante de mí. Vais a corromper mi alma pura —exclamó Lía.

Los tres rompieron a reír. Roderick tenía razón; no estaba sola. Tenía una nueva familia que la quería. Al igual que Lía daría su vida para salvarlos, la joven sabía que ellos harían lo mismo por ella.

Pasaron el resto del día descansando en el apartamento. Aprovechando que Chrys y Faustus estaban en el salón, se fue a su habitación para relajarse. Aunque estaba mucho más tranquila tras la conversación con Roderick, el agotamiento mental ya hacía mella en ella.

Se puso el pijama y se tumbó en la cama para tratar de leer un rato, pero las campanillas de su móvil le indicaron que le había entrado un mensaje y apartó el libro.

Heram
¿Qué tal la prueba?

Leyó con una sonrisa.

Heram le mandó al momento un emoji de un corazón azul. Sin responder, buscó el número del adivino en la agenda y dio a llamar.

—Veo que sigues viva —saludó Heram cuando descolgó.

—Más o menos —respondió Lía. No pudo evitar que su voz reflejase la tristeza que sentía.

—Cuéntame qué ha pasado —pidió él en un tono suave.

Lía le habló de su padre, del enfrentamiento y de cómo había atacado a Faustus. También le contó su conversación con Roderick, así como el miedo que sentía ante la idea de ser un monstruo más.

—Si te sirve de consuelo, puedo usar mi pulverizador de agua bendita sobre ti. Si no echas humo, no hay peligro —bromeó Heram, aunque se lo notaba preocupado.

—Idiota —soltó Lía con un suspiro. Apoyó la cabeza en la almohada y cerró los ojos—. Mañana es la última prueba.

—Estoy seguro de que va a salir bien. —La línea se quedó

en silencio y Lía se imaginó la expresión preocupada de Heram—. ¿Quieres que vaya?

—No. Puedo acercarme a tu casa si... —Lía tragó saliva y parpadeó al notar las lágrimas—, si salgo viva.

—Te estaré esperando. Así que más te vale no darme plantón —replicó Heram.

No tardaron en despedirse. Cuando bloqueó de nuevo el móvil, Lía se tumbó de medio lado y abrazó la almohada. Aunque conocían la ubicación, temía enfrentarse a una prueba parecida a la que había superado esa misma mañana. Habían tenido suerte, pero nada les aseguraba que la siguiente vez saldría todo bien.

«Solo un día más», pensó antes de quedarse dormida.

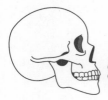 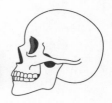

32. FAUSTUS

Solo los dioses juegan con la vida y la muerte

El templo de Debod los recibió como si se tratara de un día normal. El cielo estaba nublado, por lo que las aguas del estanque no presentaban su habitual brillo cegador. Aun así, la zona estaba llena de gente que salía de trabajar y de grupos de turistas, reconocibles por la cantidad de fotos que se hacían con la construcción de fondo.

La moral de Faustus estaba por los suelos. Sí, era la última prueba para conseguir que Lía sobreviviera, pero algo dentro de él temía lo que iban a encontrar. La pelea del día anterior había causado unos duros estragos emocionales en ambos, más en la chica que en él.

Todavía faltaba un cuarto de hora para la aparición de la entrada, pero el nigromante estaba nervioso. No dejaba de pasearse por los alrededores sin dejar de mirar en todas direcciones. Tenía un mal presentimiento.

Cuando dieron las doce, se acercó a Lía, que observaba el templo con expresión ceñuda.

—¿Dónde crees que estará la entrada? La presiento, pero no la veo —dijo.

Faustus asintió. Él también notaba la presencia de la magia, aunque no sabía decir de dónde procedía.

Estaban de pie frente al templo, con los dos arcos entre ellos. Habían entrado en la plataforma minutos antes, pues habían dado por hecho que la entrada se encontraría cerca del edificio. Cuando Faustus bordeó el primer arco y miró al otro lado por la enorme abertura, sonrió.

—Lía, ven.

Su compañera trotó en su dirección y siguió la mirada de Faustus. Desde el otro lado, los arcos y el templo no presentaban nada raro. Sin embargo, si se observaba todo el conjunto desde el primer arco, se veía el segundo arco y, en el lugar donde debería estar la construcción, una vasta extensión de arena.

—Id con cuidado, ¿de acuerdo? —Chrys dio un abrazo a Lía y ella le correspondió.

Faustus volvió a sentirse incómodo. Sus dos compañeros llevaban años juntos, por lo que esos gestos de cariño les salían naturales. Él, en cambio, no sabía qué hacer. Estaba claro que sentía cierta afinidad con Chrys. El día anterior había sentido la necesidad de darle un beso rápido, gesto del que no sabía si se arrepentía o no. Seguramente no.

Cuando Chrys se separó de Lía, miró al nigromante, que apartó la mirada sonrojado. Por eso mismo no vio venir al hada, que le pasó los brazos por el cuello en un tierno abrazo. Chrys apoyó su frente en la de Faustus, y su boca quedó a escasos centímetros de la del nigromante.

—Vuelve, ¿vale? —susurró.

—E-Eh, sí… Claro. Sí… —acertó a responder mientras recordaba el momento junto al frigorífico y las ganas que había tenido de acabar con la distancia que separaba sus labios.

En cuanto Chrys se alejó de ellos, Faustus cruzó la primera entrada de piedra, pero se detuvo al darse cuenta de que Lía no lo seguía. Al girarse, vio a su amiga doblada por la mitad, con una mano apoyada en la rodilla y con la otra apretada contra el pecho.

—¿Lía? ¿Estás bien? —preguntó alarmado.

—Se nos acaba… el tiempo —logró responder ella. Se irguió con cuidado y respiró profundamente antes de comenzar a caminar.

Una vez que hubieron cruzado el primer arco, todo lo que los rodeaba desapareció. Parecía una especie de túnel de oscuridad que conectaba su mundo con la dimensión en la que tendría lugar su última prueba.

Sintieron el aire ardiente en cuanto llegaron al otro lado. Ante ellos se extendían dunas y dunas que se perdían en el horizonte. Frente a ellos, a unos cinco metros, había una pequeña plataforma de barro endurecido en la que cabía una sola persona, por lo que ninguno se acercó.

—Bienvenidos a la tercera y última prueba —resonó la voz de Keteh Merirí—. Es hora de que os enfrentéis a la traición. Que el nigromante se sitúe en la plataforma.

—¿Estás seguro? —preguntó Lía, que agarró a Faustus del brazo.

—No tenemos otra opción. Confía en mí.

En cuanto pisó la dura superficie, escuchó un aspaviento a su espalda. Al girarse, vio que Lía trataba de despegar los pies de la arena, pero parecía que una fuerza invisible la mantenía ahí atrapada.

—Escoge sabiamente —dijo la voz del demonio en la cabeza de Faustus.

Al momento, el suelo bajo los pies de Lía se revolvió y comenzó a girar. La chica gritó al darse cuenta de lo que era: estaba en una trampa de arena.

—¡Lía!

Faustus se disponía a saltar de la plataforma cuando una voz a su espalda lo paralizó. Negó con la cabeza. No podía ser real. Reconocería a su dueño en cualquier lugar, por muy doloroso que fuera.

Se giró despacio y alzó la mirada. Ante él se encontraba un chico naga. Su piel, cubierta de escamas doradas, brillaba bajo la ardiente luz del sol. Sus ojos, rasgados como los de una serpiente, contemplaban a Faustus con amor. No necesitaba recordar su rostro para saber quién era.

—Yussu —murmuró con la voz rota.

—Hola, mi amor —respondió el aludido.

Al igual que Lía, a la que escuchaba luchar para intentar salir del remolino, la cola de Yussu también había comenzado a hundirse en la arena. Faustus comprendió con horror lo que debía hacer. Tenía que sacrificar a uno y salvar al otro.

«Muerte y vida en la misma balanza, mientras el desierto clama un sacrificio», recordó con una sonrisa triste.

—Keteh Merirí nos ha dado una nueva oportunidad. Deja atrás a la híbrida y vuelve conmigo. Nunca quise abandonarte —suplicó Yussu. Su voz era como una puñalada en el corazón de Faustus—. Me arrepiento de lo que dije. Claro que quiero que me revivas.

—¡No le hagas caso! —gritó Lía a sus espaldas—. No es... real.

Faustus cayó de rodillas y se tapó los oídos. No quería escuchar sus voces. No quería sacrificar a nadie. Era una decisión muy cruel. No podía. Recordó su vida con Yussu, felices pero siempre alerta. Las risas y los besos. Los llantos al pensar que su familia lo odiaba.

Sin embargo, entre los recuerdos también apareció la tarde que pasó con Lía en el templo, charlando con la momia. La lasaña congelada de Chrys y su aroma a tierra húmeda. La confianza de Marta al contarle sus orígenes. Incluso la bienvenida de Roderick a Mementos.

Se levantó tambaleante y notó sus mejillas empapadas en lágrimas. Yussu seguía mirándolo con expectación. Al girarse, vio el cuerpo inerte de Lía en la arena. El remolino la cubría casi por la cadera, pero ella había dejado de moverse por completo.

—¡No! —gritó.

Fue a dar un paso en su dirección, pero se detuvo. Apretó los puños, destrozado. No quería despedirse de Yussu. Era su oportunidad de recuperarlo sin necesidad de buscar un hechizo poderoso. Cerró la mano derecha alrededor del colgante que contenía la sangre del naga.

—Lo siento, Yussu —se despidió entre lágrimas antes de arrancarse el collar y lanzarlo al remolino del naga.

El colgante desapareció lentamente bajo la arena. Le pareció ver una sonrisa de comprensión en el rostro de Yussu, pero no se detuvo a comprobarlo. De un salto, se abalanzó sobre el cuerpo de Lía e, ignorando la trampa de arena, la incorporó.

—Lía, vamos. Respóndeme, por favor —suplicó mientras le daba suaves palmadas en el rostro.

Rompió a llorar al no obtener respuesta. Por encima de la camiseta de tirantes de la joven sobresalían largas venas negras, como una maraña de raíces oscuras que se dirigían a su corazón.

—No, no, no... Hemos pasado la prueba. No puedes irte ahora —susurró entre lágrimas—. No tenía que haber dudado. Por favor...

Todo el vello de su piel se erizó al momento. La presencia que había aparecido a su espalda era poderosa, pero le daba igual. Solo tenía ojos para el rostro sin vida de Lía. Una lágrima descendió por su mejilla y cayó sobre el pómulo de su compañera. El lugar donde impactó se disolvió y se convirtió en arena.

—¡No! Lía, por favor. No... —suplicó mientras contemplaba, desolado, cómo su amiga se deshacía entre sus brazos.

—Prueba superada —sentenció la voz de Keteh Merirí detrás de él.

—¡Y una mierda! —aulló Faustus, que se enfrentó a él—. Si realmente la hubiéramos pasado, Lía seguiría viva. Vete al maldito infierno con tus pruebas. Vosotros, los demonios, solo sabéis causar dolor. Y siempre hacéis trampas. ¡Ojalá os maten a todos!

Todos los ojos de Keteh Merirí se quedaron fijos en Faustus antes de que una ventolada forzase al nigromante a cubrirse el rostro. Cuando el viento amainó, ante él no se encontraba el demonio, sino un hombre. Llevaba un pantalón de tela como única prenda. Sus dos únicos ojos, del mismo color que la arena, contemplaban a Faustus con calma mientras una leve brisa revolvía su melena castaña.

—Los humanos y vuestros deseos egoístas —dijo mientras se sentaba en la plataforma, con los pies descalzos hundidos en la arena. Su voz era grave y aterciopelada. Se apartó un mechón del rostro antes de continuar—. Esta prueba estaba destinada a ti, nigromante, no a la híbrida.

—¿Qué quieres decir? —preguntó él, estupefacto.

—Cuando os *miré* —Faustus recordó el pecho abierto del demonio, así como el corazón y el ojo que había al otro lado—, vi tu deseo de recuperar al naga. Existen múltiples fuerzas en el universo, pero ninguna debería tener la capacidad de jugar con la vida y la muerte. Solo los dioses pueden hacerlo.

—Tú envías maldiciones a la Tierra. Eso es jugar con la muerte —escupió Faustus.

—Al contrario. Yo no obligo a nadie a aceptar mis obsequios —refutó el demonio—. Y, como has comprobado, estoy dispuesto a revertir el proceso.

—Lía está muerta, ¿me oyes? ¡Muerta! —gritó Faustus mientras señalaba el lugar donde había estado antes su amiga. La arena ya no se movía, pero había un montículo que resaltaba—. Y había cumplido tus condiciones.

—¿Conoces el resultado de la resurrección plena? —preguntó el demonio, que cambió abruptamente de tema.

—Sí. Trae a la persona de vuelta tal como era. Nada de zombis —respondió Faustus. No entendía a qué venía la pregunta. Su ira hacia Keteh Merirí crecía por momentos.

—Sí y no. —Faustus frunció el ceño ante la réplica—. Habrías recuperado un cuerpo vivo, el mismo que habías perdido. Pero no habría un alma dentro.

—Eso es mentira. Por algo se llama resurrección plena.

—Chico, llevo siglos existiendo. Créeme cuando te digo que poseo un amplio conocimiento de la vida y de la muerte —respondió Keteh Merirí con voz sosegada—. Deja el pasado atrás. Que los muertos sigan así. Solo conseguirías más dolor.

—Tiene gracia que lo diga el ser que ha matado injustamente a mi amiga —replicó Faustus.

Estaba agotado. Le ardía la cara por el calor del desierto y por el reflejo del sol en la arena. Podía ver las ondulaciones del aire a causa de la alta temperatura. Miró a Keteh Merirí, que acababa de incorporarse.

—Espero que no volvamos a vernos, hijo de la muerte. Aunque admito que me habéis entretenido.

—No. Espera...

Faustus alzó una mano en dirección al demonio, pero se mareó. Se sentía muy débil. Su cara chocó contra la arena caliente, lo que lo obligó a cerrar los ojos. Una brisa fresca le rozó el rostro y le alivió levemente la sensación de estar quemándose.

—... tus.

—Faustus...

—¡Faustus!

El nigromante abrió los ojos, desorientado. Gruñó al notar el cegador brillo del sol ante él. Cuando giró el rostro, vio a Chrys. Se había arrodillado junto a él y le había rodeado con los brazos, acunándolo.

—¿Qué ha... pasado? —logró preguntar. Notaba la garganta en carne viva.

—Me preocupé al ver que no despertabas —respondió el *dullahan* con una sonrisa.

Todos los recuerdos llegaron de golpe. La elección. El cuerpo inerte de Lía deshaciéndose en arena. Keteh Merirí, con su apariencia humana, hablando de la vida y de la muerte.

—Lo siento, Chrys —sollozó Faustus mientras miraba al chico con los ojos llenos de lágrimas—. Tardé demasiado. Si me hubiera decidido antes, Lía no estaría...

—Yo no estaría ¿qué? —preguntó una voz.

Faustus movió el rostro en su dirección, pero el sol solo le permitía ver una silueta oscura. Cuando la joven se agachó, el nigromante vio el rostro lleno de quemaduras de Lía. Viva.

Y con una botella de agua fría en la mano.

—¿Sabes lo que me va a costar esconder estas marcas con maquillaje? —soltó ella mientras le tendía el agua—. Imagino que lo necesitas más que yo. Has tardado bastante en volver.

—Pensé... Pensé que habías muerto —logró decir Faustus.

Se incorporó con cuidado y abrazó a su amiga, que le respondió con un suspiro de alivio. Cuando se separaron, sus ojos se fijaron en el brazalete.

—Ya está suelto. Puedo quitármelo sin problema. —Lía alzó la mano y se quitó el accesorio—. Se lo daré a Roderick para que lo guarde a buen recaudo.

Faustus asintió, conforme, y dio un largo trago de agua fría. Se llevó inconscientemente una mano al pecho, pero el colgante ya no estaba allí.

Con un suspiro, miró al cielo, ahora despejado. Las lágrimas volvieron a descender por su rostro, pero estas eran de alivio. Debía dejar atrás el pasado. Cumpliría la promesa que le había hecho a Yussu.

Sería feliz por los dos.

33. LÍA

Vuelta
a la normalidad

A l bajar las escaleras frente al templo y llegar a la calle, la bocina de un todoterreno negro los sobresaltó. La ventanilla del copiloto bajó y mostró la nariz bulbosa de Ralf.

—Ya iba siendo hora. He tenido que mostrar mi tarjeta de identificación a dos polis que querían multarme —gruñó el *piroggart* mientras los tres se subían al vehículo—. La jefa me envía. Últimamente solo dais problemas.

—Vamos, Ralf. En el fondo te encanta verme —se burló Lía.

—No sé por qué Roderick te tiene tanta estima.

—Porque no me pongo cachonda persiguiendo demonios.

El resto del trayecto estuvo envuelto en un profundo olor a quemado. Cuando la espalda de Ralf dejó de humear, se mantuvo en silencio mientras los tres jóvenes, agotados, respiraban con tranquilidad por primera vez en muchos días. Lía cerró los ojos y apoyó la frente en la ventanilla, agradeciendo el contacto frío en su piel. Todavía sentía el calor abrasador del desierto en el rostro.

El *piroggart* se despidió de ellos en cuanto llegaron al aparcamiento subterráneo y prosiguieron su camino al despacho de Roderick. Lía no dejaba de pasarse los dedos por la cara con cuidado y bufaba cuando rozaba las zonas más quemadas.

—¿En qué momento regresaste? —preguntó Faustus. Desde que había vuelto de la prueba, tenía esa duda.

—Cuando aún te estabas decidiendo. Noté un fuerte pinchazo en el pecho y me desmayé. Al despertar, estaba en la entrada del templo contigo a mi lado, inconsciente —explicó ella—. Como parecía que ibas a tardar, dejé a Chrys vigilándote, fui a una fuente a mojarme la cara y compré unas botellas de agua. Supuse que nos vendrían bien después de nuestro viaje exprés por el desierto.

—¿Qué pasó después? —Chrys posó una mano en el hombro de Faustus—. Estabas histérico cuando recuperaste el conocimiento.

—Me decanté por salvar a Lía, pero estaba muerta. Y al momento se convirtió en arena. —Faustus bajó la mirada. La chica vio una profunda culpa en su expresión—. Y después Keteh Merirí me dio un sermón sobre jugar con la vida y la muerte, y sobre mi equivocación respecto al hechizo de resurrección plena.

—¿Acaso es falso? —Lía levantó una ceja con curiosidad.

—No. Pero solo habría recuperado el cuerpo de Yussu, no su alma —murmuró el nigromante, apenado.

Lía lo miró con cariño y pena. No podía llegar a imaginarse lo que había sufrido su amigo al tener que elegir entre ella y su amor perdido. Y, contra todo pronóstico, ella había sido la ganadora.

En cuanto llegaron al despacho, Roderick se levantó apresuradamente y dio un fuerte abrazo a Lía. Marta, de pie a su lado, asintió en dirección a Faustus, agradecida. La dragona repitió el gesto con el nigromante, aunque se notaba que era un gesto más formal que voluntario. Carraspeando, se recompuso y miró a los tres amigos.

—Espero que esta locura os haya servido como una dura

lección. Los objetos mágicos, sobre todo los que proceden de otra dimensión, no son juguetes —recalcó con el rostro serio—. Será mejor que guardemos el brazalete de Ofiuco en un lugar seguro.

El grupo salió del despacho y siguieron a Roderick por los pasillos de Mementos. La noticia sobre la maldición, confidencial hasta pocas horas antes, se había extendido con rapidez. Todas las miradas con las que se cruzaban estaban fijas en Lía, en Faustus y en el brazalete, que la chica volvía a lucir en la muñeca. Según había alegado ella, era más fácil llevarlo así hasta la base.

Cada vez que entraba en la cámara de seguridad, Lía sentía la magia palpitando a su alrededor. La estancia era enorme y los pasillos se perdían en la distancia. Todas las paredes estaban llenas de cajones metálicos en cada uno de los cuales había una etiqueta con el nombre del objeto que albergaba en su interior.

En la entrada, una criatura semejante a un pulpo amarillo de tamaño humano los miraba con interés, sentada tras un viejo escritorio de madera.

—Buenas tardes, Korosa —saludó Roderick al vigilante, que inclinó su redonda cabeza de cefalópodo—. Veníamos a sellar un objeto.

—¿Alguna especificación? —contestó el pulpo mientras sacaba una caja metálica de debajo de sus tentáculos.

—Procede de un demonio antiguo, así que quiero un sello resistente —contestó la mujer.

Lía se acercó al vigilante, que recogió el brazalete que ella le tendía. Cuando lo colocó en la caja, un entramado brillante surgió de los extremos y tapó la única abertura del compartimento. Tras escribir el nombre del demonio, Roderick le entregó la etiqueta y la criatura se levantó. Todos la miraron en silencio mientras desaparecía por uno de los largos pasillos.

—¿Qué es esa cosa? —preguntó Faustus.

—Nadie lo sabe. Pero hace su trabajo como vigilante de seguridad a la perfección —contestó Roderick con solemnidad.

Lía se miró la muñeca, ahora desnuda. Aún tenía los dos orificios del mordisco, pero la línea negra había desaparecido. Abrió y cerró los dedos con cuidado para buscar alguna señal de dolor. Al no encontrarla, asintió satisfecha.

Hora de volver a la normalidad.

Cuando la puerta se abrió y Heram la obsequió con una sonrisa, Lía se lanzó a sus brazos. Tras superar la prueba y guardar el brazalete, había llamado al adivino para aplazar su cita un día, ya que estaba exhausta y Roderick la había obligado a realizar un informe completo del caso.

—Llegas a tiempo. La comida casi está —anunció Heram mientras la rodeaba con los brazos y la atraía hacia él.

—Cómo me gustan los hombres que cocinan —suspiró ella cuando sus labios se separaron.

—Me alegro de que todo haya salido bien. —Heram recogió la chaqueta de Lía y le indicó que fuera al salón mientras él dejaba la prenda en su habitación. La cazadora, curiosa, echó una ojeada a través de la puerta abierta, pero él cerró con una sonrisa ladeada—. ¿Tienes hambre?

—Demasiada. Esta última semana he perdido diez kilos como mínimo por los nervios de una muerte inminente —respondió Lía.

Heram entró en la cocina y ella, incapaz de esperar sentada, lo siguió. La estancia era pequeña pero acogedora. Al contrario que el resto del piso, decorado con un estilo moderno y minimalista, la cocina tenía una apariencia familiar y colorida, llena de estantes con especias, latas, utensilios y varios libros de recetas.

—Veamos lo que voy a pedirte para la próxima vez —murmuró mientras cogía uno de ellos. Pasó varias páginas de forma exagerada y miró de reojo a Heram antes de decir—: Mira, aquí hay una receta de adivino sin ropa a las finas hierbas.

—¿A las finas hierbas? ¿No podías encontrar un acompañamiento distinto para tu propuesta indecente? —respondió Heram sin girarse. Al ver que se llevaba una mano al bolsillo del pantalón, Lía reprimió una carcajada victoriosa. Sin embargo, la respuesta de Heram la pilló con la guardia baja—. Igual en postres encuentras algo sobre adivinos con chocolate caliente y nata.

—¡Serás pervertido! —exclamó ella mientras le daba en la cabeza con el libro de recetas. Heram fingió encogerse mientras se reía—. ¿Qué forma es esa de hablarle a una damisela?

—¡Has empezado tú! —replicó Heram, aún sonriendo.

Se giró para agarrarla por la cintura y darle un beso apasionado. El corazón de Lía estalló en su pecho y estuvo a punto de quedarse sin respiración. Cerró los ojos para disfrutar del momento mientras sus manos se colaban por debajo de la camiseta de Heram y rozaban la piel caliente de su espalda.

—Tienes las manos heladas —gimoteó él contra su boca.

—Eres un cortarrollos —musitó Lía, que hizo un mohín con los labios. Se separó un poco de él y miró hacia el fogón, donde un humillo negro ascendía desde la cazuela—. Creo que hoy no comeremos.

La exclamación de Heram y su cara de pánico, una expresión poco habitual en él, hizo que soltara una risotada divertida. Media hora más tarde, el timbre de la puerta les indicó que la comida a domicilio había llegado.

—Entonces, ¿tienes una semana de vacaciones? —preguntó Heram mientras servía dos copas de vino.

—Así es. Chrys y yo aprovecharemos para ayudar a Faustus con su apartamento. Necesitamos recuperar un poco de normalidad —respondió Lía mientras aceptaba la copa.

—Siempre con la dichosa *normalidad*. Nuestro mundo es mucho más entretenido —dijo Heram antes de empezar a depositar besos en su cuello.

Lía cogió aire mientras notaba cómo su corazón se aceleraba de nuevo. Aunque había estado con varios chicos, sentía que esa vez era distinta. Heram tanteaba el terreno con cautela, probando hasta dónde lo dejaba avanzar ella.

Cuando los labios del adivino llegaron a su clavícula, Lía

lo apartó. Los ojos oscuros de Heram la miraron alarmados antes de que la joven se sentase a horcajadas sobre él.

—Se nos va a enfriar la comida —logró decir el adivino entre besos.

—No pasa nada. Tenemos tiempo. Esta vez no hay una cuenta atrás —susurró Lía antes de perderse de nuevo en sus labios.

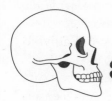 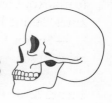

34. FAUSTUS

Un nuevo comienzo

El sonido de la cafetería los envolvía, pero a los dos muchachos no parecía molestarles. Mientras daban sorbos a sus respectivos cafés, miraban a la gente normal a su alrededor, que ignoraba lo que había ocurrido durante las últimas semanas en su ciudad.

Faustus observó a Chrys, que mordisqueaba una de las galletas de avena que había pedido con su bebida. Había sido idea suya dar una vuelta juntos, puesto que Lía había salido a cenar con Heram. Ahora que estaban solos, el *dullahan* estaba nervioso y cohibido, incapaz de cruzar su mirada con la del nigromante.

—¿Estás nervioso por lo de mañana? —preguntó el hada sin apartar los ojos de la galleta medio devorada.

—Es un mero trámite, ¿no? —Chrys por fin lo miró, y alzó una ceja en señal de que no le creía, y Faustus sonrió—. Vale, sí. Estoy nervioso.

Había pasado una semana desde que habían guardado el brazalete en la cámara de seguridad. Roderick les había concedido unos días libres para que descansaran, tiempo que pasaron en el apartamento del nigromante los tres juntos, limpiando y guardando las pertenencias de Yussu en cajas. Faustus, que había seguido durmiendo en el piso de sus compañeros, se pasaba las horas taciturno, tratando de asimilar el dolor que sentía en el pecho.

Cuando Lía había anunciado que salía a cenar con Heram, Chrys convenció a Faustus para dar una vuelta, a pesar del humor del nigromante. Una vez fuera, con el aire fresco acariciándole el rostro y el *dullahan* a su lado, había suspirado. No podía seguir así.

—Entonces, ¿formaré equipo con Lía? —preguntó antes de acercarse la taza a la boca.

—Los primeros meses, sí. Eres un agente en prácticas, por lo que no pueden enviarte a las misiones solo —explicó Chrys—. Yo os monitorizaré desde la base y os ayudaré en todo lo que pueda, pero también echaré una mano a otros equipos.

Volvieron a quedarse en silencio, cada uno perdido en sus pensamientos. Faustus se fijó en los ojos de Chrys. Ahora que se acercaba el verano, sus iris verdes lucían pequeños filamentos dorados que indicaban el cambio de estación. Se descubrió observándolos con cariño y, quizá, con una pizca de algo más.

—¿Estás bien? Tienes una cara rara —dijo Chrys, que lo sacó de su ensoñación.

—Sí, perdona —contestó el nigromante, que sintió que el rubor se extendía por sus mejillas—. Gracias por proponerme dar una vuelta. Creo que lo necesitaba.

—Para eso están los amigos, ¿no? —Faustus notó el casi imperceptible deje de tristeza en la voz de Chrys al decir la palabra «amigos».

Aunque Faustus le había prometido una respuesta tras terminar las pruebas, todavía no habían hablado de lo que había entre ellos. Chrys se había mostrado educado y atento, pero había mantenido siempre una distancia prudencial mientras lo ayudaba con su apartamento. Faustus sabía que había faltado a su promesa, pero lo sucedido en el templo todavía pesaba sobre su corazón.

Pagaron y salieron a la calle. Acababa de anochecer y la luna ya se alzaba en el cielo despejado. Faustus levantó la vista y suspiró, pues se sentía culpable. Miró de reojo a Chrys, que caminaba a su lado. Se estaba frotando las manos para intentar calentarlas, y se estremeció al sentir un escalofrío. Dispuesto a cumplir con su cometido de pasar página, se detuvo y llamó al *dullahan*, que lo observó extrañado.

—Te voy a ser sincero —comenzó mientras buscaba las palabras adecuadas—. Cuando me propusiste dar una vuelta, pensé que se trataría de una especie de cita. No solo un plan entre amigos —murmuró avergonzado.

—No tienes que hacer esto por mí, Faustus. Ya lo hemos hablado. En serio —replicó Chrys. Su voz delataba cuánto le dolía decir esas palabras, por mucho que tratase de ocultarlo.

—Déjame hablar, por favor. —Faustus se acercó al *dullahan*, le cogió una mano y la aferró entre las suyas—. Mira, sabes por lo que he pasado. Yussu ha sido el amor de mi vida durante muchísimos años y me ha costado bastante dejarlo marchar. Intenté hacer un hechizo dificilísimo, incluso —bromeó, con lo que logró hacer sonreír a Chrys—. Lo que quiero decir es que nunca voy a olvidarlo, pero creo que es hora de buscar de nuevo la felicidad. Te pedí dos días y me has dado una semana entera. Créeme, me siento fatal.

»Si estás dispuesto a aguantarme, me gustaría conocerte mejor —confesó con las mejillas sonrojadas—. Tú lo dijiste hace poco. Nos conocemos de... ¿qué? ¿Apenas unas semanas? Pero hay un vínculo entre nosotros; los dos lo sabemos.

—Para ser un nigromante, no pensé que pudieras ser tan romántico —se mofó Chrys.

—Vamos, no seas aguafiestas —lo reprendió Faustus con una sonrisa burlona—. ¿Qué dices? ¿Te apetece que nos conozcamos mejor?

Chrys tiró de él. Sus labios se rozaron y tantearon el terreno antes de dejarse llevar por el beso. Faustus sintió la esencia del hada en el gesto. Saboreó la tierra húmeda, la hierbabuena y un toque que no había notado antes: un ligero aroma a cítricos que siempre había asociado a todo lo que lo ayudaba cuando estaba triste.

Sintió que el peso que llevaba anclado al pecho se aligeraba levemente. La herida de su corazón seguía abierta, pero era hora de que cicatrizase poco a poco.

En menos de un mes, había luchado por su vida, había rozado los límites de la muerte y había hecho un pacto de sangre. Sonrió al pensar en ese beso como una nueva promesa que cerraba la aventura.

Faustus tragó saliva mientras Roderick reunía varios papeles sobre su escritorio. Acababa de firmar su contrato de trabajo, así como un documento de confidencialidad. Lía, de pie a su lado, tamborileaba con el pie.

—De acuerdo. —Roderick se levantó y le tendió una mano a Faustus—. En nombre de la dirección de Mementos, yo, Alyson Roderick, te doy la bienvenida a la organización.

El nigromante respondió al apretón de manos. Se había puesto un traje para la ocasión y, por mucho que le costara admitirlo, los nervios hacían que estuviera sudando a mares. Su nueva jefa seguía intimidándolo, por mucho que lo hubiera aceptado entre sus filas.

En cuanto se soltaron, Lía dio un chillido de alegría y abrazó a Faustus, que no pudo más que soltar una carcajada mientras correspondía al gesto de su compañera de trabajo oficial.

Un pitido resonó desde el ordenador de Roderick y esta pulsó una tecla para ver qué era. Sus ojos recorrieron la pantalla a toda velocidad antes de mirar a los dos agentes.

—Enhorabuena, tienes tu primer caso. Han aparecido cuatro lestrigones en el Santiago Bernabéu. Están atacando a los futbolistas. Será mejor que partáis ya. En marcha —ordenó.

Los dos compañeros salieron a toda velocidad en dirección al garaje subterráneo, donde un trabajador los estaba esperando. Apenas tardaron un cuarto de hora en llegar al estadio, del que varios futbolistas con la equipación del Real Madrid huían entre gritos.

Faustus siguió a Lía a través de una de las entradas que daban al interior del estadio. Los tornos estaban destrozados, como si una apisonadora hubiera pasado por encima de ellos. Las baldosas estaban agrietadas y tenían las marcas indiscutibles de unos pies monstruosamente grandes.

Caminaron alertas, pendientes de cualquier ataque. Los lestrigones debían haber dañado el sistema eléctrico, porque la mayoría de los fluorescentes estaban apagados y los pocos que daban un poco de luz parpadeaban débilmente. Un terrorífico grito de dolor les llegó desde el fondo del pasillo y echaron a correr.

No tardaron en salir al campo de fútbol por una de las entradas que usaban los jugadores. El estadio los recibió con sus enormes gradas azules vacías. El único rastro de vida se encontraba en la portería que quedaba a su derecha, donde cuatro monstruosas criaturas se peleaban por un amasijo de carne ensangrentada.

Faustus torció el gesto al reconocer la equipación que envolvía los restos del jugador. Su fantasma, que flotaba con expresión confusa alrededor del festín, vio al nigromante y se acercó a él desesperado. Con resignación, Faustus tendió un hilo mental al espíritu, que se disolvió en una nube de polvo oscuro antes de adherirse a su piel en forma de tatuaje.

—¿Me estás diciendo que acabas de incorporar a tu hueste a un jugador del Real Madrid? —preguntó Lía, pasmada.

—¿Qué quieres que te diga? Nunca es tarde para codearse con famosos —replicó Faustus con sorna—. ¿Qué son esas criaturas?

—Roderick dijo que eran lestrigones. —Lía compuso una expresión seria mientras observaba a los monstruos, que seguían peleándose por ver quién se comía al jugador—. Forman parte del pueblo de los gigantes y son conocidos por comer carne humana, y ya aparecen en la *Odisea* de Homero.

—Gigantes… —Faustus tragó saliva—. Va a ser una pelea entretenida.

—¿Quieres hacer los honores? —Lía extendió un brazo y fingió una reverencia, con la que lo instó a acercarse a las criaturas.

—¡Calvin! —El tatuaje del tobillo se desprendió y el niño tomó forma junto al nigromante, que le sonrió satisfecho—. Enhorabuena, ya no eres el novato. Así que más te vale colaborar. Vamos allá.

Faustus alzó una mano. El fantasma, cuyas facciones mostraban un leve rastro de emoción, adoptó la forma de una voluta de oscuridad y se enredó alrededor de los dedos del chico. Cuando el nigromante cerró la mano a su alrededor, la sombra se extendió y se solidificó lentamente. Segundos después, Faustus asintió, conforme al contemplar el elegante tridente que sostenía.

Los lestrigones no tardaron en notar su presencia. Con restos de sangre en sus enormes bocas, miraron con suspicacia a los dos jóvenes que se acercaban con las armas desenfundadas.

Tras adoptar una postura de combate, Faustus alzó el tridente y apuntó al monstruo más cercano.

—¿Qué quieres, nigromante? —rugió la criatura.

—Nos han llamado porque unos hinchas han interrumpido el entrenamiento y se han comido a un jugador —dictaminó Faustus—. En nombre de Mementos, vamos a castigaros.

Epílogo

Aunque casi todos los trabajadores se habían retirado a sus hogares, Roderick seguía en su despacho. Marta, que acababa de salir de la habitación contigua, donde guardaba su colección de plantas, suspiró al comprobar que su compañera no parecía dispuesta a dar por terminada la jornada.

—¿No va siendo hora de acabar por hoy? —preguntó con un suspiro. Sabía que era una guerra perdida.

—Aún me quedan varios informes que leer. También tengo que redactar el documento final sobre el brazalete. —Las facciones de Roderick se crisparon al recordar las últimas dos semanas. Aunque Lía no se diera cuenta, la mera idea de perder a la joven le había provocado un insomnio constante a la dragona—. Te prometo que no tardaré. Mañana nos vemos.

—Alyson. —La aludida alzó la mirada de los papeles que tenía en el escritorio—. Debes descansar. No tienes buena cara. Más que una dragona, pareces una lagartija.

—Vigila tus palabras, bruja —replicó Roderick, pero negó con la cabeza mientras sus labios dibujaban una sonrisa cansada—. Tienes razón. Hace mucho que no me siento tan cansada.

—Han sido unos días muy duros. Pero nuestros muchachos han cumplido con las expectativas —afirmó Marta.

—Bueno. Todo esto no habría pasado si Lía pensara un poco antes de actuar.

—Es igual de impulsiva que su padre. Josh estaría orgulloso de su hija. —Marta se puso el abrigo y fulminó con la mirada los papeles que Roderick sostenía en las manos—. Más te vale irte pronto a casa.

—Leo esto y termino, de verdad —prometió Roderick.

La bruja asintió conforme y se dirigió a la puerta. Cuando la dragona dejó de escuchar sus pasos, se pasó una mano por el rostro. Al día siguiente tenía una cena con Lía, tal como le había prometido, por lo que debía adelantar trabajo.

Cogió la taza de café que tenía junto a los documentos y dio un trago largo. La bebida, ya fría y con posos, hizo que arrugara la nariz, pero bebió de nuevo. Con la taza en la mano, se dispuso a leer los informes cuando un pitido del ordenador la distrajo.

Movió el ratón para activar la pantalla y entró en el correo, donde un punto rojo indicaba que había un mensaje nuevo. Roderick frunció el ceño, extrañada. No era habitual que le enviasen correos a esas horas. Tuvo un mal presentimiento al ver en el remitente el nombre de la sede de Mementos en Gran Bretaña.

Durante unos segundos, el despacho se llenó de un silencio inquietante. El tiempo pareció detenerse mientras los ojos de Roderick recorrían las líneas del mensaje. La atmósfera tensa estalló cuando la taza de café impactó contra el suelo y se hizo añicos.

—No puede ser —musitó Roderick mientras su corazón se encogía de angustia y miedo.

EXPEDIENTES

LÍA

NOMBRE: Draculia

APELLIDO: Rashil

EDAD: 25 años

IDENTIDAD: Híbrida de humano
   y vampiro

COLOR DE PELO: Rubio oscuro

COLOR DE OJOS: Azul claro

ESTATURA: 1,65 m

DESCRIPCIÓN: Mujer joven de constitución
   estilizada y fuerte. Tez pálida y melena
   rubia oscura. Es efectiva para las misiones de infiltración. Tendencia a la imprudencia y a la rebeldía. Mala costumbre
   de desafiar a la autoridad. Peligrosa si
   se junta con el hacker de su unidad.

LUGAR DE NACIMIENTO: Madrid, España

SIGNO DEL ZODIACO: Acuario

FAUSTUS

NOMBRE: Faustus Seamus

APELLIDO: Grimm

EDAD: 98 años

IDENTIDAD: Nigromante

PADRINO/MADRINA: Papa Legba

COLOR DE PELO: Blanco

COLOR DE OJOS: Negro con pupilas blancas

ESTATURA: 1,80 m

DESCRIPCIÓN: Hombre con apariencia juvenil
   a pesar de su edad. Constitución débil.
   Tez morena y cabello blanco, con la señal
   inequívoca de nigromante en sus pupilas
   blancas. Cuerpo cubierto de fantasmas
   en forma de tatuaje. Porta un colgante
   con una sustancia biológica sobrenatural.
   Mantener preso hasta determinar sus intenciones. En principio, se muestra des-
   confiado y a la defensiva.

LUGAR DE NACIMIENTO: Nueva Orleans, Luisiana

SIGNO DEL ZODIACO: Tauro

CHRYS

NOMBRE: Chrystopher

APELLIDO: O'Neal

NOMBRE FEÉRICO: Crystuliane Dulla Corvin

EDAD: 125 años

IDENTIDAD: Dullahan

COLOR DE PELO: Negro

COLOR DE OJOS: Verde (primavera), dorado
   (verano), castaño (otoño), azul (invierno)
   o negro (?)

ESTATURA: 1,85 m

DESCRIPCIÓN: Joven feérico de constitución
   desgarbada. Orejas ligeramente picudas
   como única muestra de su esencia real.
   Tez pálida y pecas. Cabello revuelto y
   moreno. Informático transferido desde la
   sede de Gran Bretaña. Eficaz y meticulo-
   so, salvo que se junte con la cazadora
   Rashil.

LUGAR DE NACIMIENTO: Aberdeenshire, Reino Unido

SIGNO DEL ZODIACO: Sagitario

RODERICK

NOMBRE: Alyson

APELLIDO: Roderick

EDAD: 400 años

IDENTIDAD: Shenlong

COLOR DE PELO: Moreno con destellos azules

COLOR DE OJOS: Rojo

ESTATURA: 1,75 m

DESCRIPCIÓN: Mujer de constitución fuerte y
   rasgos afilados. Jefa de división más joven de los últimos años. Melena morena
   con destellos azules. Ojos rojizos y rasgados, que muestran su procedencia ja-
   ponesa. Cuenta con un historial perfecto como directora. Tutora de la cazadora
   Rashil.

LUGAR DE NACIMIENTO: Saga, Japón

SIGNO DEL ZODIACO: Capricornio

MARTA

NOMBRE: Marta

APELLIDO: Pereda

EDAD: 350 años

IDENTIDAD: Bruja

PADRINO/MADRINA: Deméter

COLOR DE PELO: Verde oscuro

COLOR DE OJOS: Castaño

ESTATURA: 1,60 m

DESCRIPCIÓN: Mujer de constitución baja y curvilínea. Su cabello parece flotar a su alrededor. Muestra una pigmentación verdosa, vinculada a la deidad a la que se consagró como bruja. A pesar de su apariencia dulce y despreocupada, ostenta el puesto de subdirectora y ha sido clave para la resolución de un elevado número de casos. Experta en la creación de toda clase de infusiones. Se recomienda no injerirlas sin conocer previamente sus efectos.

LUGAR DE NACIMIENTO: Cantabria, España

SIGNO DEL ZODIACO: Cáncer

HERAM

NOMBRE: Heram

APELLIDO: Mobius

EDAD: 28 años

IDENTIDAD: Adivino

COLOR DE PELO: Moreno

COLOR DE OJOS: Castaño

ESTATURA: 1,95 m

DESCRIPCIÓN: Hombre joven de constitución
  esbelta. Facciones fuertes, de tez morena y cabello oscuro corto. A pesar de
  ser humano, posee la Visión. Autónomo
  que ofrece sus servicios a Mementos como
  adivino. Hasta el momento, todas las co-
  laboraciones han sido clasificadas como
  excelentes, salvo un incidente con la cazadora Rhasil. El adivino ha solicitado
  que la mujer no se acerque a su negocio.

LUGAR DE NACIMIENTO: Madrid, España

SIGNO DEL ZODIACO: Leo

Agradecimientos

Si tuviera que decidir qué parte de escribir un libro es la más difícil, diría que los agradecimientos. Siempre tengo la sensación de que me olvido de alguien. En un principio, *Demonios a mediodía* fue un relato que preparé para una antología de vampiros. Cuando no salió premiada, me dio mucha rabia porque la historia, que serían los dos primeros capítulos, me había encantado.

Mi primer agradecimiento es para Vero, mi lectora beta, que me «obligó» a crear algo más grande a partir de ese relato. De esa manera nacieron Faustus, el brazalete y toda la aventura narrada en este libro.

Mi segundo agradecimiento va para dos personas muy especiales: Marta, mi madre, y Simón, mi pareja. Me han apoyado en cada nuevo proyecto, en cada rechazo que me llegaba y en cada propuesta que me aceptaban. Siempre han estado ahí, para lo bueno y para lo malo, dispuestos a leer todo lo que escribo.

Lógicamente, el resto de mi familia también me ha apoyado desde el primer momento. Me han acompañado en los eventos, han hablado orgullosos de mis obras e, incluso, han vendido sus propios ejemplares para que yo pudiera llegar a más hogares.

También quiero dar las gracias a May y a Dani, que me abrieron las puertas del mundo literario. A Carmen, por darme consejos sobre cómo hacer esta historia más jugosa. A Cristina y al equipo de Plataforma Neo, por darme esta gran oportunidad. No sé cómo explicar lo mucho que esto significa para mí.

Por último, pero no menos importantes, quiero agradecer a todas las personas que he conocido en el mundo literario, ya sean compañeros de editorial, gente con la que he coincido en eventos o los que interactúan conmigo en redes y en el blog. Esta historia va por vosotros.

Muchas gracias, de todo corazón.

Índice

Tu opinión es importante.

Por favor, haznos llegar tus comentarios a través
de nuestra web y nuestras redes sociales:

www.plataformaneo.com
www.facebook.com/plataformaneo
@plataformaneo

Plataforma Editorial planta un árbol
por cada título publicado.

La obra ganadora del Premio Imagin-Neo 2022
es la historia ideal para leer
una noche de luna llena.